◆◆ 中国文学名家小小说精选丛书

绘在心灵上的花朵

沈岳明 著

江西高校出版社
JIANGXI UNIVERSITIES AND COLLEGES PRESS

南 昌

图书在版编目（CIP）数据

绘在心灵上的花朵 / 沈岳明著 . -- 南昌：江西高校出版社，2025.6. -- （中国文学名家小小说精选丛书）. -- ISBN 978-7-5762-5612-3

Ⅰ . I247.82

中国国家版本馆 CIP 数据核字第 2024KP7237 号

责 任 编 辑　陶裕果
装 帧 设 计　夏梓郡

出 版 发 行　江西高校出版社
社　　　　址　江西省南昌市新建区工业二路 508 号
邮 政 编 码　330100
总 编 室 电 话　0791-88504319
销 售 电 话　0791-88505090
网　　　　址　www.juacp.com
印　　　　刷　鸿鹄（唐山）印务有限公司
经　　　　销　全国新华书店
开　　　　本　650 mm×920 mm　1/16
印　　　　张　13
字　　　　数　160 千字
版　　　　次　2025 年 6 月第 1 版
印　　　　次　2025 年 6 月第 1 次印刷
书　　　　号　ISBN 978-7-5762-5612-3
定　　　　价　58.00 元

赣版权登字 –07-2024-1008

CONTENTS
目 录

绘在心灵上的花朵

第一辑

与一个背景的邂逅

◀ 白色的羊群

那年，我家住进一女孩，叫苏如雪，是父亲一位战友的女儿。因家在乡下，离校太远，苏如雪便住到我家。苏如雪和我同班，每天的上学路上，我又多了个同伴。尽管苏如雪比我只小几天，却总人前人后叫我哥，我也乐得有个妹妹，由于父母工作忙，我的脏球衣和臭袜子总是苏如雪给我洗。自从有了这个妹妹，我又能理所当然地偷懒了。

苏如雪有双水汪汪的大眼睛，皮肤白皙，长发披肩，本是个美人胚子，却在左脸上长了颗大黑痣。刚开始，同学们都羡慕我白捡个林妹妹，等到从那一头披肩长发的缝隙，看清她脸上的大黑痣，便唏嘘不已。有难听的，说那颗黑痣是一滴眼泪，今后肯定是个苦命人。尽管别人这样说她时我很生气，但当我再次看她时，那颗大大的黑痣，像一只大飞虫般在她脸上振翅欲飞的样子，又让我心里很不舒服。

于是每天，我依然跟苏如雪一起上学放学，但她更多时，总是捧着书本在读，我则喜欢在篮球场上跳跃。日子如流水逝去，转眼到了大四，功课突然变得重要起来，平时散漫的同学，也紧张地读起了书。我不得不暂时放弃篮球场的诱惑，为即将的毕业考试准备。

一个很平常的日子，我在学校阅览室，看到最新一期的校刊。一篇文章突然吸引了我。那是一个女孩，对一个男孩的暗恋故事。起初我并未在意，只是越看越感到故事中的男孩像我，喜欢打篮球，高瘦的个子，体育委员。再看文章署名"白色的羊群"。我心一动，莫非是班长白小青？白色的羊群，青青的草原，有点像。作为体育委员，平时跟她的交道打得多，她可是学校出名的美才女。要么就是文艺委员杨蓝。蓝蓝的天空，白色的羊群，也有点像。上回在她的生日舞会上，她还主动请我跳了一曲，她婀娜的身姿，走在校园里是一道亮丽的风景。

一连几天，我心里就像揣了小鹿，我为有这样的女孩，对自己的暗恋感到紧张又兴奋。但是，我怎样才能知道她究竟是谁，又怎样让她知道我，也同样喜欢她呢？终于，我按捺不住激动的心情，找到校刊编辑部。但那位编辑，却拒绝提供文章作者的姓名，说是作者不愿透露。在我苦苦哀求下，那位编辑才答应将我的信，转交给她。

我说，如果那篇文章的男主人公，是我的话，就请回信。很快，我收到了回信，文字的风格，一如校刊上的文章，诗一般的文字，很让人心醉。信上的答案，也如我所猜，那篇文章的男主人公，确实是我，只是整封信都没提及她自己，信末的署名还是"白色的羊群"。我依然不知道，女孩的真实姓名，深感失落，又不无欣慰，毕竟得到了暗恋我的女孩，一纸信笺，也得到了她的明确答复。从此，我的生活又多了一项内容，就是与"白色的羊群"通信，只是，我可以从家里直接收到她的来信，而我写给她的信，却仍要送到校刊编辑部收转。

每晚，我躲在房间写信，白天则想法靠近白小青和杨蓝，我越是想知道结果，越是难以分清究竟是谁。几次，我想找机会直接问白小青或杨蓝，是不是她。但我又想起"白色的羊群"在信中的嘱咐，千万别打听她的情况，等时机成熟，她就会出现在我身边，不然，我们将永远失去相见的机会。我只得继续等待，等待那白色的羊群，铺满我青春的梦境。

一次，我刚写完一封给"白色的羊群"的信，竟发现苏如雪站在我的身后，苏如雪咯咯地笑着说："哥，你是不是在谈恋爱？你是在给她写情书吧？"我吓了一跳，赶紧将信纸抓在手里，像做贼时被人发现，满脸通红地说："你别乱讲！"苏如雪又咯咯地笑着说："哥，是不是写给我的情书呀？还不好意思呢！"我扑哧一笑说："你呀，还是用镜子照照自己脸上痣吧，除非你将那颗痣弄掉。"苏如雪一愣，半晌才说："真的？只要我将脸上的痣点了，你就给我写情书？"我不耐烦地说："好了好了，你还是去看你的书吧，我忙着呢。"

我几乎被那诗一般的文字和文字背后诗一般的女子迷住了。每天，我都魂不守舍地等待着她的来信，可是，好长时间，我都没再收到"白色的羊群"的来信。那时，正是同学们准备毕业论文时，白小青和杨蓝自然也没再来找我。

再次得到"白色的羊群"的消息，已是毕业典礼结束，同学们都在准备互相告别，以后的日子，谁也说不准再次相见的时间。特别是恋人间的分别，更是令人愁肠百结。所幸，信的内容，是让我下午两时，去学校北门与她见面。

在学校的北门，我第一眼看到的就是苏如雪，我想不到她竟会在那里，正想躲避，苏如雪冲我甜甜一笑。我只得说："如雪，你也在等人啊。"便转过身，焦急地望着远方。突然，我看到了白小青，几乎是想都没想，便迎了上去。令我想不到的是，白小青却向另一个人走了过去，那是我们的副班长，一个喜欢写诗的男孩。

在失落瞬间，我又看到了杨蓝那飘逸的身影，但很快又让我的心，沉入了冰底，因为她正挽着一个，喜欢弹吉他的男生，咯咯地笑。我像斗败的公鸡逃走了。之后，我没与任何同学来往，我觉得自己很失败，分明是我在暗恋别人啊，却被别人捉弄了。我想忘记发生在学校里的一切。

很多年后的一天，当我给两岁的儿子喂饭时，突然发现桌上一张报纸，登着苏如雪的照片，照片旁是她写的文章。如今已成为作家的她，一边在故乡教书，一边坚持写作，只是她总忘不了校园的一段感情，她说，我不明白，我已为他点掉了那颗痣，他为什么还是不肯见我？

我突然一惊，发现报纸上，苏如雪脸上果然没了痣，我又赶紧将当年的毕业照，从箱底翻出，仔细地，一个个小脑袋看过去，终于找到苏如雪，她居然将那颗痣点掉了。

　　原来，她就是"白色的羊群"。我突然想念起了苏如雪的故乡，那个羊群如雪，绿草如茵的地方，还有那个如诗般的女子。一种淡淡的愁绪，很快将我淹没。

◀ 那只鞋砸中了谁

那是个帅气的男生，只看了一眼，她便心动了。于是，她经常在宽敞的校园里，搜索他的影子。看他在操场上打球，看他下课后匆匆跑去食堂打饭，总之，只要看到他的身影，她的心里便是满满的幸福。

时间长了，她才知道，他是学长，高她两年级。并且，她还感觉到，他似乎发现了她，发现了她的跟踪，发现了她搜索他的目光。她甚至还感觉到，在自己没跟踪他时，他竟反过来跟踪她。当她独自在林荫道上散步，当她坐在石椅上静静地看书，她能感觉到，她的不远处，有他的目光，在有意无意地照射着她。每当这时，她的心里便涌满了暖暖的幸福。她故意装成不知道，故意在那里多停留一段时间。目的是，让他多看看自己，她也能多感受，来自他目光的温暖。

后来，他们竟然多次"偶遇"，并且目光时常会对接好长时间，尽管都没说话，但心灵早已相通。她很想跟他说说话，却总也找不到机会，或者说，每次都错过了最好的机会。她打电话将心事告诉远方的表姐，表姐说，没有机会，你不会制造机会吗？

是的，她可以制造机会，她已顾不得一个情窦初开少女的矜持。因为，她知道，他很快就要毕业。她决定，假装在他面前摔一跤，并且还要甩掉一只鞋子，特别重要的是，那只鞋子一定要砸中他！

为了这一跤，她一个人悄悄跑去郊外，在无人的地方彩排了好多次。终于可以正式上演了，当她远远看到他时，因为心情过于激动，她竟然胆怯了。她知道，他也看到了她。她犹豫着，要不要摔这一跤。他的目光似乎被她古怪的神情牵引着，一直没离开她。这是多好的机会啊。她两眼一闭，豁出去了。

她终于咬着牙摔了一跤，原本是想假摔的，没想到却结结实实地摔倒在地上，那只鞋子也毫无悬念地甩了出去。鞋子在空中划了一个弧形后，却没甩在他身上，而是甩在一个正好经过他身边的男生身上。那是与她同班的一个男生。同班男生快速跑过来，一边将她扶起，一边给她穿鞋，并关切地问她哪里摔痛了，要不要去校医务室……

她无心理会同班男生关怀，更无心理会自己的疼痛，她只是望着他，他也望着她。当时，她明明看到，他也想过来的。他动了动，却最终选择离去。是因为她的同班男生吗？她甩开同班男生的手，想追上他，向他解释，可是，她跟他解释什么呢？他们不过是一对从没说过话的陌生人，他会听她解释吗？她跟同班男生，自然不会有结果，因为他们根本就不是相互倾慕、欣赏的人，他们只有同班友谊。

此后的好长时间，他们再也没"偶遇"过。因为他再也没"跟踪"过她，还极力躲着她的"跟踪"。不久，他便毕业了，像一片叶子，飘向了人海，无影无踪。

后来，她一遍遍地想，如果那只鞋子，是在她的预期中砸中了他，结果又会是怎样呢？

◀ 与一个背影的邂逅

在返回时，他被一个背影吸引住了。那是一个青春而美好的背影。飘逸的长发，修长又不失丰满的身材，单薄而端正的着装，像一朵开得正艳的月季花，亮丽着这座初夏小城并不繁华的街道。

背影不紧不慢地走着。他有心超过去。不由得紧走几步。显然，要想超过去还有些吃力。他不由得放慢了脚步。跟在背影的身后倒显得挺轻松。既然超不过去，不如还是不紧不慢地跟着吧。他的内心居然升腾起一种小小的幸福感。

他不时地将目光从背影上移开。看两旁行色匆匆的行人，看路中间穿梭的车辆。谁也没注意到他跟在这个背影后许久了。于是，他放心地打量起背影来。

两条修长的腿，迈得很有节奏。一双白皙的手，甩得很优雅。他甚至看到了她留起的经过精心修饰过的指甲。指甲上涂着粉红色的精油，让人很容易产生遐想。

她无意中回了一下头。那是一张令人心动的脸。一种幸福的眩晕笼罩着他。他的脚步有些迟缓。心莫名地咚咚跳了起来。莫非她发现他了？他想超过她。但显然有些吃力。于是，他故意将头扭向一边，以掩饰自己的尴尬。

很快，他的目光又聚在了背影上。因为单纯无邪的背影，显然没他想得那么复杂。他有些欣喜，继续不紧不慢地跟着。并且让他的想象大胆了很多。

背影在一栋楼房前停下来。一边在包里掏来掏去，一边朝他笑，亲爱的，我又忘记带钥匙了。他快走几步，用左手轻轻扶着她的腰，右手快速从腰带上取下钥匙，并打开门。他们互相搀扶着走进家门。一个长得既像她又像他的孩子，扑过来喊爸爸、妈妈。他一手搂着她，一手搂着孩子，亲一口她，又亲一口孩子。她朝他笑了笑，然后问孩子，作业做好了吗？

一群穿校服的孩子，突然向他涌来。一阵忙碌的避让过后，背影不见了。他茫然地来到一栋房子前，正准备掏钥匙，门却开了。一个女人打开门，问：我让你送孩子去上学后随手买点菜，你买的菜呢？他一惊，讪讪地说，我，忘了。

◀ 找回快乐

....

　　他长得高大、英俊，她生得矮小、丑陋。但他们却生活得很幸福。

　　每天傍晚，他们都会相依、相携地，去公园散步。她矮小的身子，需要他的提携，他高大的身体，也需要她的牵引。她不只是矮小、丑陋，还因小儿麻痹，使两腿成了罗圈形，走起路来，颤颤巍巍，似乎一不小心，便会摔倒在地，于是始终离不开，那双提携她的大手。

　　而他呢，虽然高大英俊，但走起路来，却不像别人那样抬头挺胸，而是佝偻着腰身，一步一探。原来，他是盲人。因为双目失明，所以，行动时，也少不了她的牵引。

　　这么一对人儿，虽然每天都要沐浴着，许多异样的目光，但却从不影响他们，边谈笑，边散步。他们总是旁若无人地，秀着自己的幸福。有时明明看到是她在引路，却似乎只要离开他的大手，她便无法行动。有时明明看到是他在扶着她，却似乎，只要她一走开，他便寸步难行。他们就像两棵长在一起的树，不管风雨吹打了哪棵树，另一棵树都会感到不安、疼痛。

他们的幸福，让很多健全人，心生感慨、自叹不如。就在人们边感叹，边羡慕这对幸福的人儿时，他们的身影突然消失了。他们去了哪里？他们是因太幸福、太恩爱，而被神仙接去天堂，享受更多幸福、更多快乐去了吗？

有好奇者，终于打听到，原来，她将自己的一只眼睛，给了他。她希望他能看见自己，也看见她，更能看见这个多彩的世界。

可是，他却从此不肯再跟她一起散步了。他受不了许多异样的目光，那些目光，就像一把把尖刀，狠狠地指向他，让他抬不起头，让他痛不欲生。他英俊、高大，他矮小、丑陋。走在街上，他们实在太不和谐，太不相配了。

他脸上的笑容没有了，因为他不快乐，她也快乐不起来了，从此再没笑过。她不明白这是怎么啦。他们原来的幸福、快乐，都跑到哪儿去了？

她问他。我们曾经幸福、快乐的日子，怎么就没有了？他摇了摇头，说，不知道。每天，只要看到她，他便觉得心里堵得慌，根本快乐不起来，这样下去，哪里还有幸福可言？

一天，她突然问他：是不是因为那只眼睛？他一怔。低下了头，不敢看她。她追问：是不是？如果是，那么，请将那只眼睛还给我！

他看了她一眼，她也只有一只眼睛了。他举起了手，在她阻挡之前，将那只她送给他的眼睛戳瞎了。她哭：谁让你真还呀？

他却笑了：这下好了，我们又可以，回到当初快乐、幸福的生活中去了。

从此，每天傍晚，他们又会相依、相携地，去公园散步。她矮小的身子，需要他的提携，他高大的身体，也需要她的牵引。面对许多异样的目光时，他们总是旁若无人秀着幸福。

◀ 女友失踪之谜

当刘大飞得知母亲病重的消息后，一下就傻了，5万元的医疗费，对于一个靠力气挣钱的打工仔，确是巨款。刘大飞打了5年工，才余了不到两万块，可这钱还全都交给了女友丽丽，如果他将钱拿去给母亲治病，他也马上成了穷光蛋，那么丽丽还会和他好吗？如果丽丽跟他分了手，刘大飞这辈子可就只有打光棍了。一个30好几，既没钱财又没文化的男人，还指望有女人来爱？光有一颗善心，一身蛮力气，有什么用？

尽管丽丽不是冲他钱来的，但钱的重要性，他还是知道的，不然他也不会等到如今，还是王老五。并且他将存折交给丽丽时，丽丽那份感动和欣喜的表情，他至今还没忘。可母亲的病也得治啊，刘大飞自小就死了父亲，是母亲艰难地将他拉扯大，一想起为他操劳了一辈子的母亲，到老来还要受顽疾无情折磨，他就只想哭。

他决定先瞒着女友，将钱拿来给母亲治病，以后赚钱了再补回去，也只有这样，才既尽了为人子的孝心，又留住了女友。其实要拿存折很容易，它就放在租屋的柜里，密码两人都知道，只是当丽丽发现存折突然没了，问起来该怎么回答。

丽丽是办公室文员，如不是长得漂亮，厂长也不会打她的主意，如不是刘大飞阻止厂长打丽丽的主意，丽丽也不会成为他女朋友。刘大飞是一名杂工，生得五大三粗，被厂长派去临时顶替请假的门卫。

那天，正好是刘大飞上夜班。午夜时分，刘大飞发现厂长办公室还亮着灯，好像还有女孩的哭声。刘大飞早闻厂长好色，本不想管闲事，可突然门开了，先出来的是衣衫不整的丽丽，随后便是光身的厂长。

丽丽猛见刘大飞站在门口，便如遇救星扑通跪在他面前："大哥，你救救我吧。"面对丽丽期盼凄楚的面孔，刘大飞体内升腾起男人的热血。他救下了丽丽，而他俩也被厂长炒了。他们重新找了工作，丽丽仍当文员，刘大飞还是杂工，自然，他们好上了。可是，正当他们算计着赚够了20万块钱，就回家建房子并结婚时，却突然出了这档子事。

刘大飞想找个机会跟丽丽说，他要与朋友合伙做生意，并顺便将钱拿了就回家，可丽丽一连几天都说忙要加夜班，就引起了刘大飞的怀疑。俗话说，害人之心不可有，防人之心不可无。丽丽长得漂亮，万一拿钱跟别的男人跑了，到哪里去找？这样想着，便在一个没有月亮的晚上，悄悄跟着丽丽出了门。

绕过闹市区，横过一条街，再穿过一条巷，丽丽将他带到了一个机器轰鸣的工地，丽丽在工地旁站了一会儿，便有一个高瘦的男青年，从工地跑来，不知是交给丽丽还是从丽丽手中拿了什么。他们还站在一起说了话，那青年才跑回工地。

果然是瞒着他，在外找了男人，刘大飞只感眼前一黑，差点晕倒。这时，丽丽转过身又回来了，刘大飞赶紧侧身躲开，这次丽丽没去别的地方，而是直接进厂加班了。

刘大飞特别难受，第一次走进餐厅喝了两瓶啤酒，又买了两瓶在大街上边走边喝，不知不觉在大街上逛了一整夜。他想，既然丽丽这样对待他们的感情，他也没必要向她解释了。第二天，当刘大飞准备拿钱回家时，柜子里的存折不见了。刘大飞吓呆了，急忙跑到厂办公室，人事部经理说她请假回家了。

刘大飞失落地回到租屋，狠撕头发失声痛哭。为自己瞎了眼，找了个没良心的女友，更为自己没钱给母亲治病而痛心。他本想去女友家一趟，又一想，她是不是回家谁也不知道，万一去了她家找不到人，钱要不回还搭上车费。刘大飞只身回了家，他想最后看一眼苦难了一辈子的老娘。

回到家，他傻眼了，只见母亲正安详地躺在床上，丽丽在一旁忙碌着。这是怎么回事呢？刘大飞站在门口，不敢进屋。丽丽从口袋里拿出一张电报说，大娘都病成这样，要不是我从你衣服口袋，看到这个，你还要瞒我到何时？

刘大飞心里犯了嘀咕，你为何要偷偷去工地？

你个没良心的，我就知你会跟踪我！我弟弟将他在工地卖苦力的钱，全交给我拿来给大娘治病，早知你怀疑我，我偏不给你打招呼便走了……

　　刘大飞望着丽丽嗔怒而娇俏的脸，瞬时闪出了泪花。

◀ 你毁了谁

张迈在哥哥张迪公司打工，可哥哥从不给他支工资，只是每月给他一点生活费和零花钱，这让张迈感到很苦恼。一天，在小酒馆买醉的张迈，碰上一个预测师。预测师一见张迈，便大吃一惊说："这位小兄弟的前途无量啊，我敢肯定，你日后会是一个大富翁！"张迈一听乐坏了："真的？"可是很快，他又蔫了，因他口袋里刚好支付眼前一顿酒钱，明天又得厚着脸找哥哥要零花钱了。预测师说："你若不信，现在我便给你预测一下，不超过两个小时，你便有一小笔横财到手，如果这事灵验，你明天还在这家酒馆等我！"说完，预测师自顾走了。

没想到，张迈当即在回家路上捡了个钱包，里面竟然有 1000元。张迈高兴极了，同时也暗暗佩服预测师，算得真准。第二天，张迈又准时出现在小酒馆。预测师哈哈笑着说："怎么样？我算得准吧？"张迈说："不错，你算得准，需要多少报酬请开个价，但我首先申明，我只捡到了 1000 元，你可不能要得太多。"预测师说："我不需要你的报酬，我见你是个不一般的人，想助你早日实现愿望。"张迈兴奋地问："你真能帮我实现愿望？那你知道我的愿望是什么？"预测师说："我当然知道，你想早日成为富翁，对吧？"张迈说："我只是个打工的，又怎能成为富翁？"

预测师神秘地笑了，说："这个容易，我会预测，能从你的日常生活和工作中，预测出你的将来，只要按我的方法做，好运会天天陪着你，比方说，你天天都会捡到钱，不是很快便会成为富翁吗？"张迈越听越觉得神奇，问："这世上真有这么好的事，不用工作能天天捡钱？"预测师说："也不是完全不用工作，你现在不是在上班吗？你每天依然得按时上班，就像以前一样，该干什么干什么，只是到了晚上，便将白天所做的一切，记在本子上交给我，这样便可以给你预测，在预测的过程中，会将你的坏运气赶走，将好运气留下来，只是，你白天所做的一切，都要记清楚，连一个数字都不能错，如有漏记或者错记，预测就不准了？"

张迈连连点头："只要你能保证我天天捡钱，让我干什么都行。"果然，一连数天，张迈每天都会在回家的路上，准时捡到一个钱包，而钱包里的钱，不多不少正好1000元。当然，张迈也会准时将自己一天的工作，和生活情况送给那位预测师。这不是天上掉馅饼吗，就是有这么好的事，也没有这么巧的事，张迈当然不是傻瓜，连这点都看不出来。那个预测师之所以跟他套近乎，每天还在他路过的地方放一个钱包，只不过是想从他这里得到哥哥公司的情况。他一直没揭穿预测师，他恨透了哥哥，他愿意拿哥哥公司的机密来换钱，他想，反正哥哥的钱，也不会多给自己一分，不如趁机换点钱，这样每天 1000 元，坚持下去，张迈很快便能发财。

说起张迈的哥哥张迪，张迈便窝火。因为张迈自小便在一次意外中，与父母和哥哥走失，一生中的一半光阴，都在流浪中。后来，父母带着哥哥回到这座城市，并成功创业，在父母去世前，父母将上亿家产交给了哥哥。可以说，哥哥张迪一直生活在父母宠爱中，拥有优越的生活，温暖的家庭亲情，而他则一直生活在无依无靠中。直到快三十岁了，才被哥哥张迪找到，可是，张迪竟然只让他不停工作，从不发工资。

张迈的工作事无巨细，上至签单谈合同，下到打扫车间卫生，无事不做，可以说，就是哥哥张迪这个总经理，也没他做的事多，他得到的报酬，竟然连清洁工都不如，清洁工还有工资，他得到的是打发小孩样的零花钱！哥哥那副不可一世的样子，更可气。每天，哥哥都是斜躺在办公椅上，对他指手画脚，吩咐他做这个，干那个。张迪的优越感，在张迈的面前表露无遗，张迈早就受够了！

现在终于找到报复哥哥的机会。张迈的腰包一天天鼓了起来，他不再限于去小酒馆买醉，而是去大酒店胡吃海喝，去赌场豪赌，他要将他以前失去的全都补回来。他从预测师那里"赚"来的钱，很快又花光了。同时，哥哥张迪的公司也遭受了巨大损失，因为机密泄露，张迪的对手便找到了对付他的方法，张迈害怕被哥哥知道是自己搞的鬼，只得设法虚报账目，好在张迪越来越信任张迈，竟然将所有的事情都交给他打理，自己有时候干脆不来公司。

纸终究包不住火，张迈知道，自己有回头路走了，泄露公司机密，按国家法律是要坐牢的。且公司在对手的强大攻击下，已欠下大笔外债，一旦清盘，后果不堪设想。张迈决定在公司还没倒闭前，尽快离开。

　　就在张迈准备出逃的当晚，张迪找到了张迈，并对他说："弟弟，我将不久于人世，因为我是一个癌症晚期患者，医生说我最多还能活一个月，我之所以费尽周折将你找回，其一是想再看一眼我的亲弟弟，其二是想将咱们父母留下来的公司交给你，从现在起你就是这家公司的总经理了，这是公司法人代表更改书。"张迈接过一看，上面写着自己的名字，张迈呆愣在那里不知所措。张迪接着说："弟弟，我之所以对你严厉，是因为我希望你在我离开人世之前，尽快学会管理公司，你不会怪罪哥哥吧？"

　　张迈的脑袋轰的一声，便开始膨胀了，他将要面对的不仅仅是失去哥哥的痛苦，还得处理被自己亲手毁了的公司破产事宜，如亏空太大，他将要在监狱度过后半辈子。张迈知道现在后悔晚了，但他没有将这件事告诉哥哥，他要让哥哥平静地走完最后的人生之路。

◀ 特殊的婚礼

    陈勇和女友刘玲谈恋爱快三个月了，他们也由当初的激情四射，慢慢走向平静的谈婚论嫁。陈勇看了看自己的双手，突然问刘玲："你嫁给我以后，假如我将来没了双手，你会不会跟我离婚？"

    刘玲赶紧用手捂住陈勇的嘴巴："不许胡说，你现在生活得好好的，怎会突然失去双手。"陈勇解释说："我这不是打个比方嘛。"刘玲说："别说是失去双手，就是变成植物人，我也会照顾你一辈子！"陈勇感动地说："真的？"刘玲突然反问道："如果我突然失去了一条腿，你还会娶我吗？"

    陈勇一怔，说："你这是怎么啦，不许我胡说，自己倒说起胡话来了？你好好一个人，怎么会突然失去一条腿？"刘玲说："我这也是打个比方，你说，如果真那样了，你还会娶我吗？"陈勇毫不犹豫地说："我当然会娶你，不管你变成什么，我都会娶你！"刘玲听了，脸上荡漾起幸福的笑容。

其实，陈勇对刘玲说的话，并不是打个比方这么简单，陈勇的双胞胎弟弟陈克，就是一个没有双手的人。陈勇之所以跟刘玲谈恋爱，主要为给弟弟找门亲事。8 岁那年，在乡下老家突然失火，陈克为救哥哥陈勇，失去双手，同时失去父母。从此哥俩成了孤儿，陈勇在父母临死时答应，一定照顾弟弟陈克，如果陈克找不到妻子，他也坚决不娶。

一转眼，兄弟俩长大了，也到了谈婚论嫁的年龄，可谁都知道，哥哥找个妻子很简单，可失去双手的弟弟谈何容易？为了弟弟的亲事，哥哥陈勇想了个巧计，他先将刘玲带回家，等躲在一边的弟弟陈克看个够，觉得刘玲相貌人品都不错，才正式谈恋爱。终于到了谈婚论嫁，如何偷梁换柱，让弟弟顶替哥哥，成了陈勇迫切需要思考的问题。

就在陈勇冥思苦想，依然没有好办法时，刘玲父母打电话说刘玲出车祸了，正在躺在医院里呢。陈勇急忙赶到医院，傻眼了。虽然刘玲没有生命危险，可却失去了一条腿。

摆在陈勇面前的问题是：如果还让弟弟娶刘玲，那么两个残疾人在一起怎么生活？他倒是不在乎娶个断腿姑娘，通过几个月接触，觉得刘玲是个好女孩，人漂亮，心善良，虽然没了一条腿，但他依然爱她，愿意一生一世照顾她。可是，一旦自己结了婚，要想再给弟弟陈克找门亲事，可就难了，小伙子跟姑娘谈恋爱没人说闲话，有妇之夫哪还敢做这事？可他已答应九泉下的父母，弟弟一日不娶，他便终身不娶。

自刘玲出车祸，她便像变魂不守舍，只要陈勇离开一会儿，便大喊大叫，就是上厕所时间久了，也会紧张，怎么去这么长时间。两人在一起时，刘玲就不停地问陈勇："我现在失去了一条腿，你是不是就不要我了，你说过的，不管我变成什么样，都会娶我！"陈勇只得不停地安慰，让她安心养病，他说过的话，是不会变的。

刘玲的家人提出，只等刘玲出院便结婚，尽管陈勇有一千个理由，也变得苍白无力，他无法拒绝这门亲事，他已是一个成年人，不能说话不算数。只是弟弟却无法交代，不得已，他只得暂时瞒着弟弟。

教堂里婚礼正在进行。主要亲戚都是刘玲家的，因为她的父母都是医生，平时交际也广，而陈勇这边便显得冷清，唯一的弟弟也不能参加婚礼。跟坐在轮椅上笑迎宾客的刘玲相比，陈勇显得有点失落。刘玲脸上堆满幸福的笑容，与在医院里神经紧张的样子完全相反，这也很好理解，毕竟结婚是人生大事，应该高兴，何况是跟一个自己喜欢的男人结婚！

这时，谁也没想到，陈勇的弟弟陈克会突然出现在婚礼现场。陈克情绪激动地说，刘玲原本是他的妻子，他才是今天的新郎官，这场婚礼的主人公之一，可是，他的哥哥陈勇却野蛮地剥夺了他结婚的权利。

一场婚礼竟然跑来了两个新郎，而且两人是双胞胎兄弟，其中一个还没了双手。顿时，婚礼现场变得安静极了，所有人都静静地观察着，等待有人解开这个谜。

陈克不顾哥哥陈勇一再向自己使眼色，终于将他们的身世，以及哥哥如何给弟弟找妻子的事说了出来。众人轻吁了口气。最后，陈克说，他爱刘玲，哪怕她永远站不起来，他也要跟她结婚！如果今天刘玲不跟他结婚，他也不想活了，他便一头撞死在婚礼现场！

"好，我现在就跟你结婚！"一个清脆的女声响起，随后一个女孩的身影，出现在教堂门口。"刘玲！"哥俩几乎同时叫出了声。"不错，我就是刘玲，她是我的妹妹刘娜。"女孩指了指坐在轮椅上的新娘说。刘玲在众人不解的目光注视下，轻轻走到陈克身边，说："你不是要跟我结婚吗？我答应你。但是你不能妨碍我的妹跟陈勇结婚！"

原来刘玲跟刘娜，与陈勇兄弟俩的经历差不多。她们也是一对双胞胎，在她们三岁那年，一场车祸夺去了妹妹刘娜的一条腿，因为在一家小医院延误治疗，使刘娜变成终身残疾，从那时起，她们的父母便发誓要投身医疗事业，可是，无论如何努力，都无法还给刘娜完整的身体。就在刘玲跟陈勇谈恋爱时，从小便被父母恩宠的刘娜竟然看中了陈勇，便哭着要嫁给陈勇，父母只得说服姐姐刘玲，将陈勇让给妹妹刘娜。刘玲便跟父母和妹妹，出了个偷梁换柱的主意，这才有了刘娜假遇车祸一幕。

当陈勇知道真相后，不但没责怪刘玲一家，反而深受感动，因为如果不是刘娜出"车祸"在先，他下面要做的，也是如何让弟弟顶替自己。通过在医院里与刘娜的接触，发现她虽然车祸是假，但她爱他的心无比真挚，且她也更需要他的照顾，于是他勇敢地决定跟她结婚。

而刘玲在幕后听到了陈克的表白，也觉得他虽然失去了双手，

绘在心灵上的花朵

但并不比哥哥陈勇差，特别是他勇敢地说自己如果得不到她的爱，他便去死时，她觉得这个人是值得依靠的。

最后，两对新人同时穿上了盛装。陈勇对刘娜说："我会一辈子爱你照顾你的。"刘玲对陈克说："我会一辈子做你的双手，爱你到白头。"顿时，掌声雷动，震响了婚礼的钟声；鲜花四起，映红了两对新人充满幸福的脸。

◆ 阿 霞

晚上，江平急急地冲进宿舍，阿明，别整天光知道趴在床上写呀写的，都成书呆子了，走，我介绍个靓女给你认识。

我说，江平，要泡姐你自己泡去，我还篇文章没写完呢。江平差点跳了起来，你知不知道现在南方的男女比例失调，如果平均分配的话，每个男人可分到 6 个女人，也就是说，如果你再单身下去，将会有 6 个女人守寡，知道吗？望着江平那一本正经的滑稽样子，我差点笑出了声。

江平是我从小一起玩大的哥们，为人仗义，只是在感情问题上有点玩世不恭，常把女孩子们搞得寻死觅活，闹出许多绯闻，最近，又跟一个叫阿桃的女孩打得火热。江平介绍给我的女孩阿霞，跟阿桃也很熟。

阿霞长得很漂亮，不但个子高挑且皮肤白皙，一双大眼闪着无限纯洁和美丽。我竟有点怪江平没早点介绍给我。

那晚的月色很好。江平和阿桃早就躲在草丛里喘起了粗气。

阿霞紧挨我坐下，一双手自然地搂着我的腰。我突然一阵感动，经年漂泊在外，远离了故乡和亲人，第一次感受到一个异乡女孩的关怀与安慰，怎不叫我深深感动！阿霞的脸庞，如一轮含羞的月亮，在夜色中时隐时现，很是迷人。我情不自禁地将霞揽在了怀里……

在夜幕遮掩下，草枝咯咯的奏鸣中，我们完成了一生最神圣的转变，我在阿霞柔情似水的肌体上，感受到了一个男人的伟大和坚强。

阿霞说，你知道吗，我小时上山砍柴，曾在树蔸上跌过一跤，结果弄破了处女膜。我这才下意识朝刚才的草丛看，夜色太暗，什么也看不见。我说，阿霞，好歹我也读过几年书，也知道处女膜那东西很脆弱，只要碰到硬物就会破裂，我不会在乎的，你放心吧，我爱的是你的人，不是膜。阿霞感动得紧紧抱住了我。我心想这黑灯瞎火的，阿霞就是不作说明，我也不知道啊，由此可见，阿霞的诚实。

阿霞十天半月就要给我买衣服，我心里过意不去，我说，阿霞，我没给你买东西，反而还花你的钱，你不打算给弟弟寄学费了？阿霞的家乡在贵州山区，很穷，又有两个读高中的弟弟。而我的工资也不高，业余写点稿子赚不了几个稿费。阿霞说，你那么爱我，而我又没多少钱给你花……我说，你这是什么话，我一个大男人，怎能花你的钱？阿霞说，阿桃就给了很多钱江平花了，她能干，会赚。

我说他是他，我是我，只要我们真心相爱，又何必在乎金钱的多少？

有天江平突然找到我，阿明，你小子这么快就把我这个大媒人给忘了，这些天过足了瘾吧！

我说，江平你小子说话怎么这么下流，什么叫过足了瘾，我和阿霞可是真心相爱！

江平说，你就别给我扮纯情了，告诉我，你究竟赚了多少？

我说，什么赚了多少？

江平似乎有点惊讶，阿霞那个婊子没给你钱？

我说，江平我操你奶奶的，骂人也不看对象，怎么不骂你自己的女朋友是婊子呢！

都是一路货色。江平说，看来你真是个书呆子，你知不知道阿桃是一个香港老板的二奶？你知不知道我跟阿桃玩，阿桃每月给我多少钱，500块呐！阿桃是阿霞的表姐，阿桃也给阿霞介绍了个香港佬，我特意将阿霞介绍给你，就是让你多赚点钱呐，难道她一分钱都不给你？那你为什么不找她要？真是傻 B，白白给人家玩了！

我一下子呆了，懵了。不行，我一定得去找阿霞问个清楚。茫然四顾时，我这才知道，我连阿霞干什么工作，住在哪里都不知道，每天晚上都是她在厂门口等我的。

我说，阿霞你究竟是干什么的，为什么要瞒着我？

阿霞说，你都知道了？

我痛苦地点了点头。

阿霞说，如果你想分手，那就分吧！我说你为什么要去当人家的二奶，你不是答应要嫁给我吗？我有些恼了，我说，好歹我也是个男人啊，也有男人的尊严啊。

阿霞突然呜呜地哭了，你以为我愿意吗？两个弟弟读高中，一个学期几千块，我去哪里弄？你以为那个变态的香港佬的钱很好赚吗？你看看你看看，阿霞将衣服全脱了下来，那个变态佬咬得我浑身是伤！我这才看见阿霞的身上，到处都是青一块紫一块的。我一把抱住她，我的好阿霞让你受委屈了，可我是真心爱你的呀。阿霞大哭了起来。

阿霞递给我一沓钞票，除了弟弟的学费，我还余了几千块，全放你那里吧，等我们攒够了一栋房子的钱就回家结婚。

我接过钱，收下了。我居然不恨阿霞用肉体换来的钱，在金钱和爱情面前，我不知道哪样更重要了，我的心已越来越麻木。

一天，阿桃跌跌撞撞哭哭啼啼地找来，她说，江平卷了她十万元的积蓄逃走了。

晚上，阿霞又交给我一沓钱，阿明哥，如果你也想逃走的话，我不会怪你的。

我算了算，阿霞已存了八万块在我的存折上了，加我自己这几年的三万多，回家也可以盖一栋房子，娶个漂亮媳妇了。那天我向厂里辞了工，并买好了回湖南的车票。

由于急着赶那一趟火车，我与一辆斜刺里冲来的摩托车相撞，血流了一地。

当我醒来时，第一眼看到的就是阿霞。阿霞焦急的脸上，挂满了泪水。

我说，阿霞你为什么对我这么好，那些钱，我全部汇回去了啊，我这是准备逃走，准备甩掉你啊。

阿霞说，你要走我不会拦你的，给你的钱我也不会再要回来，照顾你是因为我爱你！还有，我已离开了那个香港佬，我决定靠自己的双手来养活自己！

我一把抱住阿霞，泪水流满了面颊。我说，阿霞，我再也不会离开你了，我要带你回家结婚。

我们紧紧地抱在了一起。

◀ 漂泊的爱

命运是一只无形的手，人是幕布上的皮影，被操纵着行动与走向。看似每天几点起床，吃什么，跟什么人打交道，说什么话，微笑或者哭泣，行或卧，甚至是喝水、上厕所，都是由自己支配，但大的方向，却由不得你。

就好比我，在深圳南园餐厅当砧板，每天像定了发条，早上九点起床，将半头猪的排骨斩成段，将三五个猪肚洗净切片，将鸡鸭宰好丢进豉油里煮上，将各类青菜洗净备用，吃午餐的客人，多是附近工厂的白领，下午两至三点这段空白，会被鼾声填满。厨师、服务员，都会趴在餐桌上，让均匀的鼻息声，铺满台面。晚上，打工人会身披夜幕，脚踏霓虹，陆续来到餐厅，通常点了炒粉和啤酒，让味蕾在舌尖上放浪形骸，难得释放一天的疲惫。接近人声和灯火渐稀的午夜，我们才会收摊打烊。就是这么挤满忙碌的日子，也会被意外打断。

餐厅经理的侄子，需要一份工作，只有拔了我这颗没有靠山，无人保护的萝卜，才能腾出坑来。正好老乡阿宇有个好去处，我便跟阿宇上了罗浮山。

阿宇的大舅哥，准备去罗浮山度假村当经理，他明确要自己人，我跟阿宇等一帮厨师，便成了他的"自己人"。

命运之手，就像抓小猪，将我们一帮人，粗暴地丢进了同一个圈栏。那时在深圳，我们像上了蒸笼的馒头，热浪逼人，一到罗浮山，仿佛蒸笼被釜底抽薪，峰峦起伏，山泉流瀑，身心都灌满了凉意。

我们被安排先行住下，将未来按下暂停键。每个人，都是时代洪流中的一员，被裹挟，被拥挤，谁也不知要去向何方，只能随波逐流，随遇而安。让身心都落在实处，落在每日的饭食，睡觉上，才最重要。

罗浮山凉爽宜人的气候，香甜的空气，美丽的风景，都是属于有钱人的。没想到口袋干瘪的我们，能以另一种身份入驻。

在经过厨房时，炉灶里腾起的人间烟火，令我产生了幸福的归属感，几天后，我会置身烟火之中，忙碌出一盘盘美味佳肴，招待四方来客。但又为这些点燃烟火的人担心，他们又将去往何方。没想到，几个月后，另一批人，也像我们这样，于暗处，窥视着穿梭于烟火中的我们，等待着从我们手中，接过点亮他们生活的火把。他们会不会，也有我这样的悲悯，为我们的走向和未来担忧。

我们这批刚入驻的，厨房新主人，与餐厅那批老服务员，像两只陌生的鸡，丢进了一个笼子。羽毛不同，气味各异，自然难以相容。但当着主人的面，该下蛋还得下蛋，该打鸣的照常打鸣。

服务员虽然是工作了几个月的老员工，但也都是年轻女性。都来自常德一家职业中专，刚毕业便由中介安排进了度假村。十七八岁的年纪，如一朵朵含苞待放的花儿，将风景如画的度假村，点缀得更加生动而美好。我看见，有的服务员脸上还挂着泪水，像极了沾着晨露的花瓣。

我不理解，便问一个从我手里端菜的女孩，刚才那个女孩哭什么。她狠狠剜了我一眼表示，她们恨我们赶走了前面那帮厨师。

那里面一定有她们爱的人。是我们生生掐断了，将成而未成的红线。一粒爱情的种子，还未发芽，便夭折在了黑暗的泥土中。

我们的厨师，大多是二十一二，三十不到的年纪，在这种青春勃发的土壤中，会不会生发出爱情的嫩芽呢？经过几天的别扭、讥讽、白眼、调笑、打闹，一顿磨合，果然磨掉了戾气，迎来了笑脸。

首先是前台收银的阿春，因错收客人100元假币，被领班罚，从工资里扣。服务员的工资才二三百元，这下近半月工资没了。阿春双肩抽动，雨打梨花。这幕正好被厨师阿德看到，豪爽地掏出100元递过去，并当场将那张假钞撕了。阿德月薪1600，之前在龙岗一家酒楼当大师傅，是阿宇的前同事。这种英雄救美的行为，令我艳羡不已。可惜我的工资才500，不及阿德的一半，就算心里想救美，腰包也会底气不足。在南园餐厅，我的月工资才300元，来罗浮山，经理答应给500，作为一个厨房新手，已是特别照顾了。300元的工资，我要寄200元回家，父母辛苦养一头猪，年头到年尾，也赚不了200元。

从此，只要阿德从餐厅走过，便会牵扯出阿春两道柔情的目光，从那艳若桃花的脸上，便可看出，她的心中已是百花盛开。

而阿宇也在悄悄约会娇娇，娇娇就是那个为前面厨师哭泣，对我们刁蛮耍泼的女孩。没想到，一夜春风，便转变了方向。

在远离家乡，远离父母亲人的日子，孤独夜夜盛开，青春似小鹿，穿越迷茫的森林，大胆狂野地猜测，小心谨慎地探索。

夏天火热的脚印，从深圳出发，一路逃到了罗浮山。深圳的老总，广州的大佬们，纷纷从繁华中出逃，来到山水之间，度假消暑。

每当夜幕降临，满山的小别墅，如花苞盛开，暗香浮动，空气中，全是纸醉金迷的味道。

泳池边更是百花齐放，女孩们曼妙的身姿，在岸边，在水中，次第绽开。客人们有的带着同伴共泳，有的睁大探照灯似的眼睛，寻觅芳踪艳影。我突然发现，一红装泳衣女孩，正伸展着动人的腰身，如一朵玫瑰在池边，火热地盛开。

不由得赞叹道，真美呀。那女子，似乎听见了，朝我嫣然一笑，纵身入水，好似一条白里透红的美人鱼，溅起阵阵水花，让男人们湿了目光，乱了心思。

阿德在我身后突然大喊了一声，阿明好眼光。我内心一慌，羞得无地自容。转身入水，边游边做洗澡的动作，暗暗地用目光，搜寻水里穿梭的身影。头顶高举的汽油灯，像一个慈眉善目的长者，望着满池春色，沉默不语。

第二天，我去员工食堂就餐的路上，偶遇那红色泳衣女子，我小心地躲闪着望她的眼神，她却照我迎面走来，大胆火热地将我拦住，直接问我，是不是喜欢她。

我一时小鹿蹦跳，乱了分寸。她是怎么看穿我心思的？莫非她就是传说中的仙子，专门耍弄落魄书生的。我瞠目结舌间，她开口了，你们一个厨师说，你喜欢我，是不是真的？肯定是阿德。我小声说。是的，好像是叫阿德。她说她叫阿霞，边说边紧紧地抱住了我，像外国人的礼节，我想回应她的拥抱，却本能地木在那里。阿霞松开我，去了食堂，还不忘回眸一笑。我仿如梦中，头一次遭到一个女孩的热烈相待，竟然不知所措。这时阿德的声音，又从耳边响起，你小子的艳福不浅呀。

一连几天，下班后我都会漫无目的地在园中闲逛，那是在搜寻阿霞的身影，但她就像捉迷藏般，躲了起来。逛累了，我便坐在石椅上发呆。数那满天繁星，在浩瀚的宇宙中，怎样窥探人类的隐秘。夜色蝴蝶般，停在我的肩头，内心装满寂寞的潮水。这时，一女孩迈着仙步翩然而至，是阿霞。我的心怦怦直跳，我准备迎接她，给她一个，像她对我时，那样的拥抱。

她显然没发现我，躲在暗处的爱恋。晚风吹起她的长发，遮住了那迷人的双眼。她脚步匆匆，将一低头的温柔，泼洒了一地，斜月隐入云层，将她的背影拉长，直至淹没在小别墅，暧昧的灯光里。

我亲眼看见，自己爱恋的女神，正躺在别人的怀里，泼洒柔情。夜色悲凉地漫过我的心尖，夜虫齐声嘲弄，这不堪的一幕，在我的眼前变得模糊。

以后，与阿霞相遇，依然能感受到她如火的热情，她纤纤的指尖，触碰到的是隐隐的冰凉。我极力躲闪她的拥抱，她的兴致似乎也了无生气。

一次，在一个无人的角落，她逼问我，是否喜欢她。我沉默不语，心如止水。因为此时，我正在和阿春恋爱。阿春因阿德英雄救美，而试图跟阿德交往。阿德却被来自四川的阿艳，逼得走投无路，竟然就范了。这让我很是不能理解。

阿艳是个有夫之妇，跟阿霞一样，是人们眼中的"鸡"。但她却对阿德动了真情。见阿德跟阿春有交往意向，喝酒买醉，撒泼打滚，扬言如果阿德跟她分手，她就去死。阿德明知阿艳是干什么的，还忍不住跟她来了一次，从此阿艳如落水人抓住了稻草，不肯松手。

阿德跟阿艳，在附近租房，过起了日子。我看不起阿德的行为，也同情阿春的遭遇。看到阿春形单影只的背影，淡化在阿德的视线之外，我便心生怜悯。我悄悄走近阿春，慢慢心生爱意，那粒叫念想的种子，豁然绽开，让蕴藏内心的秘密，恣意生长。

我想远离阿霞。阿霞似乎想走阿艳的路。阿霞告诉我，她攒了六万元钱。如果我肯娶她，她会给我在老家建一栋两层小洋楼。

母亲多次在信里提到，好几户人家花两万元，建了漂亮的楼房。阿霞如果也花两万元在我老家建房，那么剩下的四万元，可是一笔花不完的巨款，我们村的首富，恐怕都拿不出这么多钱。

几年后，我回家将这件事跟母亲说了，母亲又跟隔壁的二婶说了。二婶不无遗憾地说，那么多钱，你小子错过了，可惜啊。

我说，你可能不知，她的钱是怎么来的吧？二婶说，那有什么。我们村那几家建楼房的，哪家不是女人在外卖肉换来的？我突然对二婶的话，大失所望。我想母亲是否也跟她的观点相同，她难道也同意自己的儿子，娶一个失足女？从村人对那几家建楼房的艳羡中，我体会到了，什么叫笑贫不笑娼。

阿霞在对我说那番话时，没有像在众人面前，对我那般的热烈。之前，她是在用夸张的手法，向世人宣告，对我的企图吗？她说自己做不出阿艳那样的事来，她不想勉强我。她的表情，平静中带着一丝哀伤。她说，她知道我看不起她。她只要我一句话，我曾经是否喜欢过她。我的思绪，突然迷失在如水的月光中，那个夜晚，我居然感受到了爱。那是阿春给不了的。或者是不想给的。阿春保留了自己的深刻，只给了我一层浅浅的草皮，让我误会那便是整个春天。

我点了点头。阿霞扑在我怀里哭泣。我的心像失足的落水者，不断在漩涡中挣扎。我想，如果阿霞不是干那个的，我定会娶她。阿霞走了。此后再无相见。多年后，在我的回忆里，那些面孔，却没随时间淡化，却像雕在石板上的字，清晰而深刻。

命运之手若想让你往东，你再努力，也不能往西。当夏日的阳光，收敛笑容，我们便会随落叶远去。卑微如树叶上的蚂蚁，只需轻轻一吹，便随风而去。

最后一次在厨房忙碌时，我看见一群人，像当初的我们，正在某处静静地盯着厨房里的烟火。第二天，出现在厨房里的，便是他们。

服务员照样会给他们脸色看，有的还会哭泣。我不知道阿春会不会为我流泪。由于走时阿春正在上班，她没来送我。我穿上罩衣，在秋风的萧瑟里，随一帮人坐上了下山的三轮车。阿宇的大舅哥走了，新来的经理，也想用自己的人，我们成了他们权力斗争的牺牲品。也许只需几天，她们便会收起哭泣，绽开笑脸。时间会让一朵花枯萎，也会让一朵花重新绽放。

阿德跟阿艳租住的，是一户农家的猪圈。猪圈简单整修一下，便成了流动人口的临时居所。我清楚地看到，墙面上，还有猪啃过的牙印。那些牙印，无时不在诉说着，这里曾养过多少头猪。每个月50元的房租，一年下来，相当于养了几头猪。

我没想到，我一向瞧不起的阿德和阿艳，居然成了我的避难所。阿德的钱很快花光了，事实上我也没什么结余。除了给家里寄去一些，阿春那里也只是偶尔买点小礼物，吃个宵夜。我们都要靠着阿艳渡过难关。

肥胖的阿艳，不但比我们大了十几岁，而且长相普通，我平时连看都不愿多看一眼，突然便理解了阿德。玉树临风的阿德，是多少女孩的梦中男神，但他却堕落到靠失足妇女的救济。而我，也是其中可耻的一员。在那艰难的岁月里，他们就是下一碗清水挂面，也会加上辣末，让我们吃得欣慰而畅快。

我们在另一间猪圈打地铺，猪的鼾声，从梦的另一头，向我走来。醒来才发现，是厨师们在打鼾。在异地他乡的猪圈，竟然也有如此高质量的睡眠。

第二天一早，我便发现，自己挂在外面晾晒的牛仔衣，不见了。

那是我走出家门时，特意去县城买的，花了母亲半头猪的费用。

阿德是广东河源人，会讲本地话，他带我们去报警。警察很快发现藏在另一处租屋的嫌疑犯。我们第一次壮着胆子，跟随警察去追赶嫌疑犯。嫌犯没命地逃窜，警察砰砰朝天开了两枪。其中一人吓得蹲在原地，另一人依然玩命地逃窜。被逮的人，带我们去租屋找到了阿德的衣物，而我的那身牛仔衣，却始终没见。我第一次真实地听到枪声，感受到枪的力量，我的内心突然强大起来。

正是 90 年代初期，打工人疯狂涌入广东。我曾亲眼看见身边一群人，被治安队抓到，塞进只开着小窗的厢式货车，说是运去东莞樟木头修铁路。我吓出一身冷汗。差点就被抓走了。如果不是阿德，我们是不敢靠近警察的。别说警察，只要是穿制服的，哪怕是戴红袖套的，我们都会远离。

我从牙缝里，一毛毛地挤出话费，给阿春打电话，诉说相思之情。

阿春刚开始还带着哭腔，回应我的不舍，又问我何时将她接走，我也给不了具体时间。我知道，我的肩膀太嫩，力量太弱，在强大的世界面前，我的微小常常被人忽略。

后来，阿春便不再接我的电话，有次刚说了一句，以后别再打电话了，便狠心挂了机。我再打，便无人接听了。我想起她还有另一部电话，她的电话号码，我全都烂记于心。我打过去，竟是另一女声。她温柔地笑问，是阿明吧，你找阿春？我说是的。她说，这是她原来的电话，你打她另一台电话吧。我说她不肯接呀。

她说，在你眼里，是不是只有一个阿春呀？你知道我是谁吗？我一时语塞，嗓子眼里像塞了团棉花。她接着说，我是小云呀。我这才想起，她是办公室文员。专门抄抄写写的小云。由于见面少，交流不多。只有在员工食堂偶尔见到。

小云说，告诉你实话吧，阿春已有了男友，那个男人有家庭，有孩子，开了一家小工厂，每周会来找阿春，每次都会给她两百元钱。这样的女孩，你养不起。

我愣住了。小云见我不吭声，又问，喂，阿明，你还在听吗？我木然地嗯了一声。她接着说，难道我不好吗？你们男人的眼里，怎么都没有我？我张口结舌。其实小云并不差，她虽然比不上阿霞的妖艳，但也是美人一个，甚至比阿春还漂亮。只是她所处环境里，没有男人的身影，也很难吸引男孩注意。

小云说，要不，你跟我好吧。阿春不要你，我要你。我惊呆了，不知如何回答。总不能刚失恋，便马上转恋她人吧。何况，贫穷的我，连一日三餐都不周全，又拿什么去爱她呢？见我良久沉默。她突然哈哈大笑，说，跟你开玩笑呢。

这个世间，有些玩笑在真实地进行，而有些真实，却需要用玩笑来表达。这是我多年之后，才领悟到的。

◀ 绘在心灵上的花朵

在她读高二时，班上突然转来一名叫小艾的女同学。她高挑的个子，飘着一头长发，一双眼睛特别有神，喜欢微笑。她一来便引起了所有同学的注意。很多人说她是天生的美人，简直能与大明星相媲美。她走到哪里，哪里便是人们注目并议论的焦点。小艾出生于一个富贵之家，父亲是一家集团公司的总裁，母亲是一名医生。怪不得有着如此高贵的气质。

更可贵的是，小艾不但学习成绩优异，还没一点富贵子女的架子。她跟所有人都能相处，不管是富人家的孩子，还是穷人家的孩子，都能成为她的好朋友。

可是，令她不解的是，从她的穿着和日常生活中的表现，却与其他富贵子女不同。其他人每天都是坐私家车上学的，而她则是跑步上学；其他人的校服两个星期就要换一套，而她的校服都洗得发白了还穿在身上；其他人每餐都是大鱼大肉，而她总是简单的馒头加小菜；其他人每周都会在自家或酒店举行一个聚会，而她则从没参加过任何聚会。

　　她悄悄地跟几位同学这样议论小艾。她们白了他几眼后说："你就别少见多怪了，她之所以跑步上学，那是为了健身；她故意将校服洗白，那是一种时尚；另外，她一家都是素食者，她的时间全用在了读书上，根本没时间参加聚会，这充分证明，她不但有着良好的家教，还有着一颗善良的心！"

　　几乎是在一夜之间，所有的富贵子弟都不再坐私家车，而是跑步上学了，并且都穿上了洗得发白的校服。每周的聚会也取消了，更有趣的是，饭堂里的鱼肉和鸡腿也没人问津了。

　　同学们都被她优越的家境，良好的素质折服了。她也由原来对她的嫉妒、猜疑，变得欣赏和崇拜了。她成了她最好的朋友。她们一起穿着洗得发白的校服，在校园里跑步，去饭堂吃馒头加小菜，去图书馆看书。

　　转眼，她们大学毕业了。成绩最优异的还数小艾，她无疑是所有同学中最有出息的。她常常这样感叹："唉，如果我要是出生于像她这样一个富贵家庭，肯定也会像她一样出色的。"

　　毕业晚会上，同学们都发了言。有不少同学是这样说的，他们说："除了要感谢学校和老师们的培养外，还要特别感谢小艾同学，她作为一个富贵人家的子女，却从没歧视我们这些穷人家的孩子，我们从她的身上学到了很多东西，她是我们所有人的榜样！"

　　轮到小艾了，只听她说："尊敬的老师，亲爱的同学们，感谢你们对我的关爱。其实，我并不是出生于一个富贵之家，我跑步上学，是因为我家根本就没有私家车，甚至连坐公交车的钱也没有；我穿洗得发白的校服，也并不是什么时尚，而是因为我买不起新校服；我也不是什么素食者，之所以餐餐吃馒头和青菜，是因为我没钱买鱼肉和鸡腿。我的父亲不是集团公司的总裁，母亲也不是医生，这一切都是我编出来的！"

说到这里，小艾显得有些激动，眼里似乎有液体在闪动。而迷惑的，不只是同学们，还有所有老师。小艾接着说："我的父母因为涉及一桩特大诈骗案，被判终身监禁，永远无法重获自由。那时，如果我一想到自己的父母是诈骗犯，我就无心学习，于是，我只有将自己的父母想象成贵族人家，并且时时用贵族家庭来严格要求自己……"

小艾又接着说："刚开始，我这样说时，总是不由自主地脸红心跳，后来，说得多了，甚至连我自己也觉得，那不是一个谎言。因为所有同学都觉得它是真实的，并且还跟着我学，我感觉有一股动力在推着我前进。可是，我知道，再美丽的谎言也有被拆穿的那一天……"

小艾继续说："明天，我们就要离开这所学校，各奔东西了，我不希望带着这个谎言跟大家分别，如果我的谎言给大家带来了不愉快，或者是伤害，希望得到大家的原谅……"

这时，小艾已经说不下去了，因为她的脸上全是泪水，嗓音也带着哭腔。所有老师和同学在几秒钟的愣怔之后，也不由自主地流下了眼泪，并由衷地为她鼓起了掌。

第二辑

赌刀

◀ 赌　刀

太阳闪着万道金光，利剑般刺穿厚重的云朵，剑气炙热得令万物逃遁。

秦王骑着高头大马，霸气地追赶着一头野鹿。惊慌失措的野鹿，一头扎进河里，连呛了几口河水，才挣扎着爬上了岸。

此时，秦王驾坐骑凌空跃过河面，铜墙铁壁似的挡在野鹿面前。

野鹿看到了秦王手里的剑，剑光闪烁，与阳光呼应，令万物胆寒。野鹿绝望地趴在地上，任河水湿透，淌一地哀怨。

野鹿忧伤的眼神，电波般与一绝色女子，撞出了火花。击中了女子内心的柔软。

女子闪身拦在了野鹿面前，同时施礼道："请秦王饶过这个怀孕的鹿妈妈吧。"

秦王诧异："你是何人？如何识得本王？又何以得知这是头怀孕的母鹿？"

女子道："回大王话，小女子姓徐，生于兵器世家，人称徐夫人。大王威风八面，哪个不识，谁人不晓。而这头鹿的肚子明显鼓胀，一看便是个孕妈妈。"

鹿见有人庇护，跛着脚，一步一回头地离去了。徐夫人目送野鹿孱弱的身子没入浓密的森林，才将弹簧似的目光收回，"砰"的一声与秦王的剑撞在了一起。那铜质的声音，令秦王也为之一惊。这是个气质非凡、胆识过人的女子。

秦王停住手里的长剑，道："既这样，本王今天就依你。你既生于兵器世家，可识得这柄剑？"

徐夫人道："秦王剑是好剑，但若非秦王佩戴，也算寻常。"

秦王不解道："那你认为，何为不寻常？"

徐夫人道："世间哪有什么不寻常，只因跟了不寻常的人罢了。"

秦王一向自负，没想到遇到了比他还自负的人。觉得女子过于狂妄。硬要她说出哪柄剑，比他的剑还强。

徐夫人无奈。只想尽快脱身，便用手一指过路的樵夫道："他手里的刀，如果在秦王手上，一定会变得不寻常，那将是指挥三军的宝刀。而秦王手里的剑，放在樵夫手里，也不过是个砍柴的工具罢了。"

秦王被徐夫人说得一时哑口，暗忖，小小山野女子，口才十分了得。嘴上反驳不了，心里也是十分不甘。

于是，思忖半天才道："一把普通的砍柴刀而已，不值钱就是不值钱，不管是在樵夫手里，还是在本王手里，都是废铁一块。"

徐夫人见秦王并非传说中的凶神恶煞，一时兴起，想逗弄、戏耍一番，道："秦王眼拙，那分明是一把价值百金的宝刀。"

秦王哈哈大笑："你又胡说。"

徐夫人也哈哈大笑："你不信？我不但要让这刀价值百金，还要让它成为天下第一刀。"

秦王继续笑："越说越离谱，谁信呢。"

徐夫人用两个烧饼，换了樵夫手里的刀，回秦王道："总有一天大王会相信的。"

秦王不想再与徐夫人废话，还有堆积如山，宽阔似海大事、要事在等着他呢。于是不再理会，策马扬长而去。

秦王很快便淹没在了军务、国务之中，那些改变人类命运的重大历史事件，已牢牢占据了秦王的脑袋和心胸，挤不出一点空闲来干别的，也很快就将这件赌刀的事，抛诸脑后，抛向了九霄云外。

但徐夫人却没忘。不是每个人都能遇上秦王。也不是每个人都能与秦王来个赌约，更别说能赌赢了。

只要与秦王搭上钩，注定改变历史，改变人类命运。这也许是徐夫人此生，唯一与秦王相遇的机会，也是唯一的赌约。徐夫人必须紧抓机会，改变命运，扬名立万。

自此，徐夫人到处宣扬，自己获一宝刀，是天坠陨石锻造而成。还寻来百人，假装用宝刀以一敌百，那百人全部惨败。

徐夫人的刀，名声越来越大，终于传到燕太子丹耳朵里。太子丹因秦连吞多国，又打到了家的南部，整天忧心忡忡，于是想令勇士荆轲刺秦，正愁没有好刀。

太子丹要买刀。徐夫人开口便是百金。太子丹没还价。将百金换来的刀，直接交给了荆轲。

荆轲找来侠士樊於期，他是秦王痛恨的逃犯。荆轲想借他的头献给秦王，趁机刺秦。太子丹不舍。荆轲便说服了樊於期，樊於期因痛恨秦的暴政，欣然应允，当即自刎，献头。

等太子丹赶到，樊於期已死去多时。太子丹失声痛哭，事已至此，也只得依了荆轲。

荆轲又找来死士秦舞阳同行。秦舞阳十二岁便成了杀人犯，其目光之凶煞，无人敢与之对视。荆轲自认，有此人相助，大事可成也。

临行前，燕太子丹领臣民送行。并唱道："风萧萧兮易水寒，壮士一去兮不复还。"悲壮之音缭绕山河，久久不去。

荆轲端着樊於期的头，秦舞阳端着燕国地图，假意向秦王臣服。实际刀便藏在地图中。

还未上殿，秦舞阳便腿肚抽筋，浑身发软。这么个杀人狂魔，到了秦殿，居然吓破了胆。可见秦王之霸气冲天，其威名远播。如撒遍山河的种子，恣意疯长。经风一吹，雨一淋，便摇曳成材，根深蒂固。

荆轲狠踢了秦舞阳一脚，转身回秦将道："此人从未见识秦王天威，今日得见，乃三生幸也。故心慌意乱，行不成步。"

秦王一心想的是燕国地图，以及地图上标记的广袤山河，以及良田子民。这时断无心思去管一个毛孩子腿抽筋的事了。

于是急令打开地图。万里山河在秦王眼前徐徐展开，那些沃野牛羊、河沟田地、子民马匹、稻粟禽鸟，从此尽数入囊，免不得心驰神往，心旷神怡。

当图穷匕见，荆轲猛地用左手抓住秦王右手，用右手抓刀刺向秦王。

秦王这才从江山大梦中醒悟，不由大骇。并奋力挣脱荆轲，绕柱奔逃。

荆轲随即闪电随身，穷追不舍。围柱转了几圈，荆轲不得。

台下臣子们手里都没有刀，而带刀的兵士，均在殿外，无召唤不敢前往。臣子们回过味，大喊大王拔剑。

秦王身高九尺，剑长四尺，背在后背，一时忘了自己还有剑。

回过神的秦王，趁荆轲不备，拔剑奋力砍断了荆轲左腿。荆轲瘫在地上，一时性急，只得将刀挥向秦王。

秦王及时躲闪，刀击中柱。殿外武士赶来，砍死了荆轲和秦舞阳。

此时，秦王才看清，插在柱子上的，竟是徐夫人与他所赌樵夫的砍柴刀。于是，长叹一声："果然是天下第一刀啊。"

这刀叫毒匕寒月刃，因荆轲刺秦而名扬天下，被称为"天下第一刀"。

◀ 神　力

　　山围水绕的岳州城西，住一关姓壮汉，因天生神力，人称"神力关"。

　　此人身高体壮，浓眉脸阔，英武神勇。几步开外，便觉英气逼人。据说，神力关是武圣关公的后人。不知何年何月，定居于此。

　　神力关究竟神力几何，不得而知。只知他力大无穷。

　　邻里乡亲，互帮互助，只要是出力的事，神力关从不推辞。能做独木船的树，三个壮小伙抬小头，还显吃力，神力关一人抬大头，竟觉轻松。

　　洞庭湖边的渔船搁浅，无须到处求人，只找神力关。神力关一人顶数人，力大如牛。

　　鱼米之乡的粮食丰收了，140斤的粮包，别人扛一包还喘，他一次两包，跑得飞快，呼吸顺畅，脸不红、心不跳。

　　有次，一群土匪抢走了神力关的牛。天刚擦黑，土匪们便持刀闯入了神力关家，刚落水的太阳，从西边的云朵中探出头来，静静地盯着神力关和他身后的牛。同时射向牛的还有土匪们锋利、杂乱的目光。神力关如芒在背，牛也感觉背上火辣如炙。

那是一头青壮黄牛，重约 300 斤，刚耕完田，披一身绚丽的晚霞，迷离的双眼，略显疲惫。

经土匪们尖嗓利牙一顿咆哮，牛吓得腿软筋酥，直往神力关身后躲。土匪人多，神力关势弱，牛挣扎两下，又与神力关交换了眼神，见无力回天，只得别了神力关，跟土匪去了。

一路高树矮灌的黑影缠绕，与田沟地坎的牵绊，加上牛的有意扭捏，让土匪移步缓慢。夜和路，同样变得漫长。

神力关身披夜幕，在影影绰绰的月影树荫下，辗转腾挪，闻着牛膻味，一路摸上了土匪山。

神力关潜伏于一土坎，平心静气，熬至半夜，见土匪零星灯熄，才窜至牛栏，将牛绳解下。

本想顺手牵牛，四顾一下，黑影绰约，虽然不见人，但路是敞的，又觉不妥。于是在牛前屈膝弯腰，奋力将牛扛起。牛会意，顺从地趴在神力关背上，屏住呼吸，任神力关一路狂奔，沿路树影闪烁，如有神助。神力关将牛扛回家，藏在地窖。

窖口小，窖颈长，窖肚圆。刚够一人一梯，仅能藏点红薯土豆的地窖，哪能藏牛？除非将牛宰了，一块块运进去。再除非牛人十分配合，互相了解，充分信任。还要做到牛人高度合一。神力关和他的牛，做到了。

土匪找不到牛蹄印，不知牛的踪迹，任神探狄仁杰也成悬案。只有一脸嘲讽的太阳，挂在睡眼惺忪的树枝上，鸦鸟们扑腾远去，留下一路疑问，不想掺和这档无聊的事。

土匪们哪里相信，世上有此神力的人，能扛一头牛，摸黑在山路上狂奔几十公里。而且还能大牛藏小窖，如果不是神经质，便是脑有洞。

为确保万一，土匪们还兴师动众，第二晚再次光临神力关家，自然是毫无踪影。也有个半吊子土匪，好奇那个地窖，被另一半吊子呵斥，你家地窖能藏牛呀？

顿时被一群土匪数落嘲弄。窖口如坛，光那两只牛角就进不去吧。那真是牛脑壳进了坛，进出两难呀。

夜的掩护，土匪竟误认那是头水牛。水牛角长，黄牛角短。水牛身大，黄牛体小。洞庭湖的水牛多，黄牛少。

就这样，瞒天过海，暗度陈仓。人牛躲过一劫。土匪怕兵官，不敢白天明抢，更不敢逗留，匆匆收场。

神力关力大的消息，长翅乘风，四处飞扬。田缺地角，湖汊河沟，屋前村后，无人不知。

东家彻屋抬石落脚，西家屋成抬木上梁，都少不得神力关。神力关也总是随喊随到，还不收费。

神力关究竟有多大力，人们都很好奇，只怕没有机会。天高有顶，海深有底，总得有个尽头吧。人人悬着一颗好奇心，在心里七上八下，就是着不了地。越是这样，越想探个底，触个顶，反正捅不破天，塌不了地。

大户刘家太公出丧，这可是千载良机。为显豪气，那棺木足有 700 斤，加上百多斤的太公，以及被褥衣物，再加一些瓷器等陪葬，应该不下 900 斤。

十二个轿夫都是壮汉，多数青筋暴起，抬得吭哧吭哧，龇牙咧嘴。神力关照样抬前头。爬山过坎，一路还算顺利。身后跟了一串锣鼓鞭炮，吵闹不休。

在一陡坡，又是沟壑处，也不知是有意无意，众人一起将棺木，往神力关那边倾斜。其中两矮个，还吊在棺木上，荡过沟坎。

地势不佳，神力关的站姿也不稳，此正是他气弱、力微，不宜受力时，偏压上了重力。粗略估计，神力关的受力，应在千斤上下。众人见神力关的脸由白转红，又由红转黑。头上豆大的汗珠，滚滚而下，在地上砸出了一个个小坑。但依然只是咬牙嗫声，不断喘息。

正在朝霞满天，云彩缭绕时，群山屏气，鸟儿收声，看戏者，都为神力关捏汗鼓劲。

好在神力关没倒下。抬棺的规矩是中途不能歇伙，除非礼生司仪叫停，才能垫放两条板凳，停棺歇息。

此后，神力关的神力，竟然奇迹般消失了。他已与凡人无异。众人唏嘘。

有说被人害了，遭那一压，神仙也难承受。也有人迷信地说，是刘太公将他的神力带走了。

总之，人们再也见不到当初的神力关了。他已彻底沦落成一个普通人。

邻里再有人请他抬木上梁，拖犁扛耙，他一人咬牙鼓劲，脸憋红、脖憋粗，吭哧喘了半天，也不行。东家只得请多人合力。

那个一人能顶几人的神力关，去了哪里？

有人怨众人心坏眼拙，好人不识。硬生生将一鼎神力，弄成了废人。原本请一人能办的事，要求多人来做。耗工、费钱、拖时间。

还有人骂刘太公，在生剥削穷苦人，死了也不放过神力关。

神力关依然寡言少语，不怨天怨地。也依然随喊即到。不惜力不怕苦。累得呼哧喘，汗浃背，也不喊苦不叫累。人家尽力了，怎好再怨人呢。人在难处莫加言，马在难处莫加鞭。尽管多有不便，也就是多找人，多费钱的事，何况人家以前多出力，也没多收钱。

日本人进入岳州城的那天，来不及逃走的人们，望着四周紧咬虎牙的城门，乱作一团。惊慌失措的目光、呼喊，交织在一起，如失重的蝴蝶、鸟儿，四处扑腾，漫天飞舞。

当夜幕一层层铺下，岳州城已被黑暗紧紧包围，空气黏稠得令人窒息。只有火把尖利的光亮划过天空，将夜的伤口，撕扯得鲜血淋漓。

日本兵表面荷枪实弹，实则内心虚空，如垂死挣扎的鱼，正准备屠城，留下个鱼死网破的结果。霸占不成，也要留一地鸡毛，漫天乱舞。

混乱中，一处城门突然被人扛起。面对手无寸铁的民众，铁面无私的城门，一定会紧咬牙关不松口，没人会担心失守。人群流水般趁机涌出。一股股如夹杂鱼儿的水，从水闸往外泄洪。大部分人趁黑，躲进了茫茫山林。广阔迷离的山水荒田，掩护了民族生灵，庇护了子嗣血脉，令世代绵延，生生不息。

后来，有人依稀回忆，那个扛起千斤闸门的人，像极了神力关。一个黑影，奋力冲出人群，扛闸发力，如一头发怒的雄狮，吼一声，夜震颤，人心敞。让人流发怒，如洪水滔天，滚滚远去，势不可当。

当日本人走后，那次逃走的人，有人回来了，也有人再没回来。神力关也从此销声匿迹，无影无踪。

◀ 圣 手

　　"圣手刘"又叫"刘一手"。圣手指他的医术高明。刘一手，实为"留一手"。既然医病治人，又为何要留一手？这里有渊源。

　　圣手刘生于医术世家。轮到他这代，尤工接生。其他疑难杂症好说，一个男人接生，实在尴尬。好在圣手刘有规矩，一般的生不接，专接难产。既是难产，就有性命之忧，生命大于一切。何况在医生眼里，只有病人，没有其他。

　　不管多难的生产，圣手刘一出手，便如绸缎丝滑，手到擒来，皆大欢喜。产妇解除了痛苦欢喜，主家母子平安欢喜，只有新生儿声如洪钟，哇哇大哭。

　　有家贫者，圣手刘免费医治，平等相待。富贵人家，重金酬谢，也只取名分。每当年节，感谢者众。手抓鸡鸭，提鸡蛋、糕点者，川流不息。圣手刘总是婉拒。拒不了的，便折换钱粮退回。一时百姓拥戴，声名远播。

　　又是看病诊疗，忙碌而平常的一日，天高云淡，圣手刘刚忙

第二辑　赌刀

完准备休息。不想夫人难产。

圣手刘其实早有预感，没想说来就来，正要出手给夫人接生，一群土匪呼拉将他家围得水泄不通。这让圣手刘大感意外。他与土匪素无往来，自己不是恶人，对土匪也无恶意。此时到来，必有原因。

原来土匪的压寨夫人难产。听闻只有圣手刘能治。土匪先是好言相告，并许重金。后才拿枪指着圣手刘的脑袋，要他赶紧上山救人。

圣手刘的脑子突然钻进去两条蛇。它们纠缠着，撕咬着。张开血盆大口，最后一齐向圣手刘冲来。内心翻江倒海的圣手刘，表情却无动于衷。土匪圆睁铜铃大眼，要开枪打爆他的脑袋。

土匪比圣手刘的内心，还要慌乱。土匪的心里闯进了一狮一虎。狮是雄狮，虎是公虎。两头百兽之王，非得在他荒草乱麻的心尖上争斗。狮虎的伶牙利爪，刀光剑影，招招致命。任你怎么调整呼吸，压抑情绪，也阻挡不住，平息不了这场血雨腥风。

圣手刘率先按住了蛇的七寸，令蛇暂停了战争，坚定地说："如果放下我的夫人不管，就是跟你上山，也不会救你夫人。请开枪吧！"

双蛇出洞如双剑合璧，血淋淋地杀向土匪荒草杂乱的心。任狮虎再威再猛，也得强压怒火，收剑威风，弄不好，就得玉石俱损。

土匪无奈，只得让圣手刘先给自家夫人接生。于情于理，都是应该。约一盏茶时间，一男婴呱呱坠地，母子平安。

自此，两人心里纠缠的毒蛇和狮虎，暂时冰释前嫌，落荒而去。

胸口上顿时草木茂盛，绿意盎然，神清气爽。刚才还电闪雷鸣的天空，突然变得晴空万里。

圣手刘立即跳上了土匪的马背，马长嘶一声，奋起四蹄，一路狂奔。坎坷沟壑，山湾斜壁，如履平地。竹影树荫，湖色山光，一闪而过。待疾奔至山上，还是晚了。土匪的压寨夫人已气绝身亡。

土匪大哭不止，一时雷电交加，泪水倾盆。土匪们一片哀号。太阳龟缩云里，马儿钻进草丛。鸟雀、虫儿莫不噤声。

一尸两命啊。土匪豹眼暴突，咬牙切齿地让圣手刘给其夫人抵命。

圣手刘被反绑双手，一路跌跌撞撞，鼻青脸肿地跟在出殡的棺木后面。内心打翻了酱醋酸辣咸，一时五味杂陈。

圣手刘自知小命休矣。救人是医者天职，哪怕是十恶不赦的土匪，也不会放弃，这是天意弄人，迫不得已啊。

圣手刘被绳牵索扯，紧随棺后，一路踉跄，身上衣衫褴褛，血迹斑斑，已忘了疼痛，忘了时间，忘了身处何处。

突然，发现棺木缝里正往地上滴血，一滴一滴，鲜血如花，沿路开放，令人触目惊心。

圣手刘突遭雷击，身抖如筛，激动不已，大喊一声："请停棺让我看看！"土匪料定圣手刘想耍花招逃命，哪有这等好事。土匪窝里装了倒挂钩，不说飞禽鸟兽，连只虫儿苍蝇，也别想活命。

一巴掌呼过去道："想找死？等下在我夫人坟前再成全你！"

圣手刘连连摆手，满面通红，语无伦次道："当家的，你就开棺让我看一眼吧，不然，我死不瞑目！"

土匪将信将疑。莫非此事还有转机？要说别人，也许不能。能起死回生，妙手回春的人，就在眼前，自己不用，还捆绑殴打，这可是圣手刘啊。江湖大名鼎鼎，若无实力，怎敢称圣手？

事已至此，就死马当活马医吧。土匪放下心中块垒，调整呼吸，目光如剑，嗵嗵嗵，一扫周围，草飞枝折，本想令人放开圣手刘，但见喽啰们一脸木然，不如亲手解开圣手刘的绳索，以示诚意。

圣手刘如鱼入水，顿时呼吸顺畅，活动自如，一点小伤小痛，早已抛诸脑后。尤其是他的手，依然龙走蛇游，灵巧异常。圣手刘令人打开棺木，皱眉朝里一瞧，用手一探，顿时展颜。果然有救。

土匪大喜，立即用布围住棺木，令众人退让，围成一个大圈，面朝外。有胆敢偷看者，立挖双眼。

土匪让圣手刘在棺中接生。时间紧，事情急。圣手刘也不讲究，贴近压寨夫人便是一通操作。又觉不妥，当着人家丈夫的面，何况还是个恶匪。虽胸如擂鼓，但也是无奈之举。性命攸关啊。只得将心嘭嘭地往里狠按，待听得心"砰"的一声响，落到肚里后，又继续鼓捣。

土匪不忍细看。内心酸楚翻腾，只得闭眼横心，掩面转身。

稍后，婴儿尖利的啼哭声，猛地撕破了紧张的气氛，压寨夫人也醒了。圣手刘长出一口气。众人放下心中石块，个个如释重负。

土匪的心也"咚"地坠地，但醋意随即如江河翻滚，如海涛奔腾，一发不可收拾。

土匪狂笑不止，大家不知真意，只有土匪和圣手刘，心如明镜。

一群土匪的欢呼声，在山谷上空追逐打闹，不时钻入谷底，又如飞鸟入云，顷刻云散日出。

土匪给圣手刘准备了百金谢礼，还给他备了马车。圣手刘坚决不收。土匪不依。推来让去，好似剑走蛇龙。土匪望着圣手刘那双血手，突然暴喝如雷："先生好手，巧手，妙手啊。我不能亏待了先生这双手！"

圣手刘只得依从。灵巧地将手收在胸前。藏进衣袖。他知道，自己在劫难逃。土匪不是找他要手，便是要命。任意一样都断了圣手刘的活口。圣手刘双手提着自己的心，沉重无比，一路颠簸前行。

行至一弯处。圣手刘下车，左右顾盼，见无异常，跟车夫商量许以重金后，才对换了衣服，并令车夫继续前行。车里的百金，留给他养老，希望他一路平安。

车夫心领神会，只得全力一搏。车夫明知是死，却仗义相救，他是为了保全圣手刘啊。世上可以没有车夫，但不能没有圣手刘。他是患者救星，百姓的良药。

转了两个山头后，便见林密风急，兽走鸟飞，只听"砰"的一声枪响，车夫毙命，圣手刘站立不稳，目眩头晕，几乎栽倒。

几个喽啰以为杀了圣手刘，并拿百金回去复命。土匪头子冷笑一声："老子的女人，也是你可以乱看乱摸的！"

圣手刘望土匪山方向，喃喃自语。抹了一把冷汗，顺小路坎坷而行。转转折折，历尽艰辛，终于死里逃生，走出了山。

后来，再有人要找圣手刘医病，便只看缘分了。圣手刘云游处，便是有缘。

◀ 稻　王
....

　　稻王姓王，因逢种而被称为"稻王"。逢种的人，种啥旺啥。传说稻王不管怎么种田，都会丰收。别人田地晒太阳，他树下躲阴凉。别人一脚泥，半身汗。他手摇扇子，呼一声，风调雨顺，绿遍田野。再呼一声，稻香阵阵，黄金满地。

　　某年稻王育的秧苗遭鼠害，损毁过半。稻王插秧时，尽量间隔宽点远点，尽管稀稀拉拉，总算将田基本铺满。谁承想，稻王依然丰收。

　　还一年，稻王育种因捂芽时忘记换水，正午的太阳毒辣似火，所以尽毁，眼看就要绝收，好在被毁的稻种里，竟长出一棵绿苗。

　　稻王将独苗插在田中央，用手一挥扇子，经东风一吹，竟绿了满田。那年依然丰收。稻王就是诸葛再世，神通广大。

　　当然，这是传说。现实中的稻王，是一个勤恳踏实的农夫。田比别人的平整，秧比别人的壮硕，肥下得比别人的足，草除得比别人的干净。因此，年年大丰收。

不只是水稻。那些站姿笔挺，排兵布阵的高粱；那些脸膛发红，衣绿须白的玉米；那些躲在草丛里羞于见人的南瓜、喜欢串门闲扯的豆角、无一不是大丰收。

与他家田地相隔的水稻、瓜果、蔬菜。只与他家对视一眼，便自惭形秽，不敢言语。任他家在高调中丰收，在日晒中炫目。

有人牵牛从门前过，牛歪头侧耳，要先瞧瞧他家的稻米五谷，有鸡鸭成群经过，要张目举首，先看看他家的草堆粮仓。

稻王的丝瓜、茄子、辣椒、豌豆，无一不在风中骄傲地摇曳，在阳光下嚣张跋扈。

有羡慕的，有嫉妒的，有捣乱的，也有找碴的，还有借粮不还的。

稻王与人为善，喜布施，好结缘。有人故意放牛吃他的秧，稻王不恼，给牛吃过的半截秧茬，反复施肥，不几日便精神抖擞，绿意盎然。有人借粮几年不还，再借，依然不难。

于是经常放牛吃他的禾，放羊啃他的苗，大摇大摆地摘他的果，采他的瓜。稻王不恼。云淡风轻地观之，听之，任之。有人挑嘴，你不聋不哑，不痴不傻，怎就忍得了气，吞得下梗。圣人呐！

稻王说，每日添客不穷，夜夜做贼不富。有人实在过意不去，于是不偷不采了。与其挖空心思去讨，不如自力更生。

其实稻王也是此意。但勤者少，闲者多。不管怎样，乡里乡亲，和睦第一。

东家缺粮，稻王援粮。西家有难，稻王资助。稻王年年撒出钱粮无数，但却越撒越有。总是明里去了，暗中来，如有神助。

真是吃不穷穿不穷，算计不好一世穷。

一年，稻王预感要遭大旱，劝人早做准备。可听者寥寥。我行我素者众。果被言中。待惊醒时，梦已过，时已晚。

干旱伸着青筋突暴的魔爪，在人间狂舞。溪水断流，田地开裂，庄稼枯死，四野一片苍黄。只有稻王盆满仓盈。

稻王早早筑堤蓄水，除自给外，也只能惠及数邻，不能顾全所有。稻王真乃神也，民众悔不当初。捶胸顿足无用，呼天抢地不灵。

但生活还得继续，纷纷来找稻王借粮。稻王有求必应。人越聚越多。稻王只得开仓放粮。沿街摆满粥棚。可僧多粥少。饥民如蝗虫满天飞舞，遮天蔽日，直扑稻王而来。

稻王无奈关门，但哪里顶得住饥饿的侵袭。饥饿如恶虎猛狮，咆哮着追赶饥民，饥民红眼捂肚，向稻王张开了血盆大口，只要望一眼，便是万丈深渊。

稻王知道，自己就是化渣熬汤，也不够饥民充饥。

绿山失青，河水断流，田地枯槁，草色呈乌。野菜、枝叶、草根、树皮，连带青色的泥土，都扒去一层，吃了。

饥民终于将稻王围堵在家，稻王逃无可逃。汹涌的饥饿不止袭击了别人，也击倒了稻王。覆巢之下，安有完卵。稻王已散尽钱粮，自身难保。

稻王的屋门，被人推倒，践踏，撕得粉碎。交粮，交粮，交粮。喊声在空中撕扯，如电闪雷鸣，响彻云霄。

箭样的目光，从饿红的眼里，疯狂射出，将稻王的房子扎成了蜂窝。差点燃起熊熊烈火。

人们疯狂地寻找稻王，人们确信，稻王便是救星。往年小灾小难，都是稻王出面解决，这次也一样。只有找到稻王，才有希望。就算掘地三尺，也要找到稻王。

众人终于见到了稻王。屋内光线昏昏沉沉，摇摇欲睡。稻王躺在床上，脸色蜡黄，双目无光。饥饿如巨龙在空中盘旋，露出獠牙，张开血口，似乎要将所有人，连骨带渣吞下。

见此情景，众人皆惊。这分明不是他们想象中的稻王。那个满面红光，腰圆肚肥的稻王呢？那个意气风发，财大气粗的稻王呢？

原来他也跟众人一样，饥饿没有放过任何人，包括稻王。

有人眼尖，尽管稻王奄奄一息，但他紧抱在怀里的，居然是一袋稻子。稻子散发出缕缕清香，勾出无数条饿虫，蠢蠢欲动，有人试图去抢。

稻王睁开沉重如山的眼皮，使尽力气张开了嘴，缓缓道："大家听我说，请先将我打死，熬骨喝汤，再拿了这袋稻种充饥吧，我实在不忍，眼睁睁地看着绝种啊！"

众人木然。均如雷击，戳在那里，一个个木桩样，气不喘，眼不眨，嘴不动。半晌，默默散去。

◀ 侠　盗
....

　　侠盗张五的故事，在岳州绵延的山上，如灌木茂盛，在洞庭湖多如牛毛的河汉水沟，似水草葱茏。

　　经东风一吹，西风一扫，瞬间传遍城内城外，山寨沟壑。人们在茶余饭后津津乐道的，既有他盗亦有道的侠盗风骨，也有他神通广大的雷霆手段。

　　张五还没被称为侠盗的那年，刘知县刚上任，便遇一怪事。辖区大山坳东头的李奶奶，和西头的张哆哆，闹起了矛盾。

　　李奶奶一独女远嫁，寡居多年，养点鸡种点菜，艰难度日。张哆哆一生未娶，也是光棍一条，养点鸭，卖点蛋生活。

　　晨星散去，太阳刚一露脸，李奶奶突觉自家的鸡失踪了。竟有几只聒噪的鸭，留在鸡圈。而张哆哆也发觉，自家鸭栏的鸭变成了鸡。真是老母鸡变鸭，奇了怪了。

　　本是些鸡毛蒜皮，但下面的人好大喜功，也将此事上呈。

　　刘知县本不想理，后一想，反正有空，就当作次私访。最近匪盗猖獗，说不定会有收获。

刘知县着便装，骑快马，一路踏青踩水，上岭下坡，来到了大山坳。

这件怪事，一时还真难断清。两个独居老人，不可能同时去偷对方鸡鸭。但鸡鸭互换的事，又被两人说得有板有眼。

要么两人串通好故意演戏，要么都在说谎。要么有一人说谎。总之，定有内情。

正在两人口水飞溅，闹声震天，吵成胶着状态时，一自称张五的人，出来劝和。张五都熟，大山坳人，父母兄弟早逝，独留一人过活。因排行老五，便叫张五。张五也是独居，无业。自家有田地，但不善耕种。其叔帮忙代种。每年交点粮食给张五养命。

张五推断，定是鸡鸭走错了路，进错了栏，等上一晚再看，说不定又会换回来。

众人觉得有理。李奶奶，张哆哆也没话说。只有刘知县挠头托腮，陷入了沉思。

平常不务农事的张五，竟对鸡鸭了如指掌。且旁人还说，他昼伏夜出，行踪不定。这不明摆着是个梁上君子吗？

当夜黑风高时，潜伏在两老人家附近的刘知县等人，将张五逮了个正着。

刘知县料定张五有鬼，果然没错。刘知县让张五讲述偷盗过程，同时交代是否还有其他贵重赃物，以及同伙等。

张五无奈，只得如实道来。原来张五是一"侠盗"。他给自己立了几条规矩。一是不偷本村。二是不准外贼偷李奶奶和张哆嗲。三是不害命。

不偷本村，不害命好理解。不准人偷李张两位老人，何解？张五觉得他俩是大山坳最困难的人，偷这两人，就是天理难容。

一群外地盗贼，不听张五劝告，偷了李张两位老人的鸡鸭。张五下半夜又将其偷回，没想将鸡鸭放错了。正想当晚再将鸡鸭换回时，被逮住了。

刘知县听得半信半疑。世上竟有这等事。这种人才难得呀。身怀绝技，又富正义良心。

后将张五收编，成功端掉了大山坳一带的匪盗。

但在那官匪勾结，颠倒黑白，唯利是图的年代，清官已成利益集团的眼中刺肉中钉。刘知县成了官匪犬牙交错的牺牲品。

张五受到牵连，流落江湖。继续干起了老本行。

只是他又改了规矩。一是不偷穷苦百姓。二是不害性命。三是不准任何人欺压偷盗百姓。比如李奶奶，张嗲嗲这些弱势群体，谁敢动他们，就是与张五过不去。

这不是典型的梁山好汉，替天行道吗？只偷富豪官绅，专门劫富济贫。衙门岂能容忍。

张五上了头号通缉榜。据说他总是着一身黑。来无影去无踪。白天不现面，夜晚到处飞。身藏尖刀利器，以及飞弹箭头等暗器。身手十分了得。

就是这么一个老百姓喜欢，官匪头疼的人。不时在十里八乡弄点动静，搞点事情出来。

哪位官员姨太太的手镯金钗不见了，又离奇出现在身患重疾的家庭，或是哪家的牛不见了，第二天被人从土匪窝里牵走，并还了回去。这事不用说，众人会异口同声地说："是张五。"

某年大旱。湖瘦山黄，田地干裂。百姓流离，饥民遍地。

白天风平浪静，晚上暗潮汹涌。官兵商匪大摇大摆地把持着青天白日，到了晚上，无处不在的夜幕笼罩中，便是张五神威大显之时。

饥民们会莫名其妙地获得米面炊饼，运气好还能得到一块肉干鱼片。一到晚上，饥民们便蹲守庭院，口中念念有词："张五张五，平安保佑。"

干旱如狼似虎，饥饿伸着利爪尖牙，张开血盆大口，四处流窜，逼得饥民无立命之法，无安身之处。

张五势单力薄，饥民得到的那点东西，杯水车薪。依然是厚重夜幕掩盖的晚上，张五领着一群红眼饥民，将重兵打伤，抢劫了粮库。

待民众扛粮潜逃至大山坳深山密林深处，断后的张五寡不敌众，被生擒活捉。其时，张五早有盘算。除抢官粮外，民众别无活路。但这分明是死路一条。为保住更多人命，只有舍身一搏。

大山坳便是一个绝妙去处。那里山陡路险，地形复杂，就是藏下万人，都不显山不露影。但人虽多，又都是些饥民老弱。只有牺牲他一人，利好千万家了。

张五领人冒死一拼，果然获得预期效果。为保无辜，更为保存有生力量，张五处处冲在前面。又主动断后，最终被抓。官兵被张五牵着鼻子，随意戏耍。个个将张五恨得咬牙切齿。人人想食肉寝皮，趁早除此阻挡财路的祸患。平时不见踪影，终是天赐良机。

张五被挑断手筋脚筋，抛街暴晒示众。有胆大的披上夜色，猫腰窜至街上抢人。

民众将张五藏进深山，供水供粮养了起来。张五已成废人。一度销声匿迹。

后更多张五纷纷如雨笋冒出，哪里有压迫，哪里便有反抗。其装扮一样，身形相似，个个身手敏捷，昼伏夜出，飘忽不定。令百姓欢呼，官匪胆寒。

◀ 水　鬼

　　水鬼，又称"水摸子"。指那些水性极好的人。洞庭湖边住一李姓男子，人称"水鬼李"。

　　水鬼李自小在湖边长大。那多如星星的湖汊、河湾，莫不深藏于心。何时浪高水急，何处滩险漩多，了如指掌。

　　靠山吃山靠水吃水。水鬼李凭一身潜水驭浪的本事吃饭。每年还义务救人无数。那些失足入水者，想不开寻短见者，只要被水鬼李撞见，无不伸手救援。

　　八百里洞庭，烟波浩渺。自古便是诗人笔下的名篇佳作。看多了船来舟往，见惯了日出日落，人在画中游，水在诗中淌，而不自知。善驾波驭浪的大船，走在湖心。那里风高浪急，也是大鱼、巨物欢腾狂跃之处。

　　水鬼李驾一小船，在湖边浅滩，打些小鱼细虾度日。没事时，便在湖边巡视、闲逛。生于斯长于斯的他，可不是为了观风赏景，而是防止有人溺水。遇戏要孩童、赔本客商、无助老人、失意女子，以及输光了的赌徒，被妓女榨干的嫖客，吸毒的瘾君子。先是劝离，再是安抚。有忙帮忙，有难帮难。

实在想不开的，便强行扯开，保命要紧。已经落水的，便积极营救。经水鬼李劝离、拖走、营救者，不计其数。人生路漫漫，哪个不是向死而生。既不畏死，又何惧生？

水鬼李见得越多，经历越多，感悟也越多。原本不善言辞的他，劝起人来，竟然如湖水滔滔，如春风拂面，令人莫不掩面叹息，点头称是。

那些被救者，有人事后幡然醒悟，感激涕零，千恩万谢。富有者，送礼赠物，都被水鬼李婉谢。有人恨天恨地，不思悔改，恩将仇报，倒打一耙。比如臭名昭著的吴军阀。

一日，吴军阀的七姨太，因争风吃醋，一时想不开，跳入湖中。正好被水鬼李看到。其实吴军阀对貌美如花的七姨太宠爱有加，可贪念和权欲，又令他对其他女子蠢蠢欲动。在得知他又想娶八姨太时，七姨太顿时醋意大发，定要用自己孱弱的身子，去与如虎似狼的权力色欲，拼个高下，拼个你死我活。

其实早起时，水鬼李便巡视了一遍，见云腾风啸，水涛阵阵，便放弃了捕鱼。但见一窈窕女子，跌跌撞撞，在风中飘零。水鬼李正想喊停她的脚步，没想已迟，只听"扑通"一声，女子顺着他光滑透亮的目光，已跃入水中。

七姨太在水中扑腾了几下，便后悔了。但为时已晚，越是挣扎求生，越是如水草缠身，如湖泥扯脚，越往下沉。水鬼李毫不犹豫，跟着纵身入水。正是寒冬腊月，河水冰凉入骨。加上流急滩险，水情复杂。水鬼李顶着如狼似虎的风浪，钻进凉透心肺的湖水，舍命搏击了一个多小时，终于将吴军阀的七姨太救上岸来。

水冷身弱的七姨太，当即昏厥。双目紧闭，面如死灰，肚胀如牛，只剩出气。

水鬼李情急下，紧按其胸，无果。又俯下身，口对口，做人工呼吸。军阀带人赶到，正好现场目睹。

七姨太正值青春年华，娇俏的身子，在无数艳羡的目光交织下，一片凌乱。乱糟糟的头发沾满水草，湿漉漉的花袄，被灌满湖水的肚子，和青春饱满的胸脯，撑开炸爆，敞开红红的兜肚，在寒风中猎猎招摇，在阳光下，十分眩目。

七姨太哇地吐了一地污水，总算醒过来了。看者欢呼雀跃，纷纷为水鬼李鼓掌。

只有吴军阀，深锁愁眉，脸色铁青。令丫鬟婆子，将七姨太扶走后，又对水鬼李许诺黄金百两，让其择日去府上领取。平日里只知搜刮民脂民膏，哪有这等大方，不过是装模作样，掩耳盗铃。

水鬼李不图财。更不喜结交权贵。每日照常打渔巡湖，简单度日。早将吴军阀许诺赏金一事，抛诸脑后。

吴军阀左等右等，本想借机损一损水鬼李，找回一点颜面，谁知水鬼李不给机会，于是气急败坏，咆哮不止。偏这时七姨太又念起救命恩人。七姨太悔恨自己当初不该吃醋，更不该投湖，待身子痊愈，想当面叩谢恩人。这让吴军阀醋意大发，定是两人一吻生念，暗生情愫。

不如早日下手，趁其不备，免生祸根。吴军阀暴躁如虎，形同困兽，皱眉不展，苦思冥想，突然蹦出了恶胆狠念，不如污其对七姨太有歪心，同时也断了七姨太的念想。

几日后，洞庭湖风号浪叫，吴军阀荷枪实弹，严阵以待，硬逼水鬼李入水。面对威胁，水鬼李胸有成竹，无惧无畏。毫不犹豫，纵身跃入刺骨的湖水。打个旋儿，便无踪无影。众人看得眼直，提着心，吊着胆，不敢眨眼。

吴军阀令人严防死守，紧盯湖面，冒头便打，任你是出林猛虎，入海蛟龙，也难逃此劫。水鬼李潜水一天一夜后，仍毫无踪影，吴军阀才令撤兵。

水鬼李在一水草茂盛处，潜伏了一天一夜。说是一天一夜，其实夸大其词。自半下午到天黑，四五个小时，兵丁怠工，吴军阀心虚，加上湖边风大水急，久待无趣，还有便是断定水鬼李已遭不测。任你是水泊梁山的"浪里白条张顺"，也难逃活口。但口里叫着，江湖传说，是一天一夜。

水鬼李在水下浸泡良久，心想小命休矣。只得屏息静气，拿出平生积攒的所有勇气和力量，来自渡此劫。那些平常交好的水草、湖泥，纷纷向他问好、鼓劲。他硬是咬牙坚持，决不放弃。

水鬼李的称号真不是白拿，但凡是普通渔民，能坚持一半时间，就算好汉了。若是如七姨太这等弱女子，才一个多小时便已昏厥，随便加几分钟保准一命呜呼。水鬼李好不容易熬到了官兵散去，当即一跃上岸，随后便倒地不起。有同行渔民，已蹲守多时，当即将他救起，从此再无音讯。

后来，洞庭湖边再也见不到水鬼李的身影，只留江湖一传说。

◀ 灵 蟒

大山坳通人性的动物多，如猴，如狐。殊不知还有蟒。蟒是冷血动物，有思想感情的极少。

那天，云绕雾缠，山瘦树短。几位山民拨云驱雾，准备上山采药。

顺着崎岖小径，一路蜿蜒前行。不时有虫鸟嘶鸣，扑腾远去。草木青翠，雾气清凉。随着攀岩蹬壁，盘旋而上，人也喘气渐急。

行至半山，越发陡峭。云更重，雾更浓。几人腰酸腿软，呼吸急促，汗洇背脊。

于是，寻一平坦巨石，稍作休息。有年轻者，好奇地询问，听说这里有一灵蟒，不知真假。

一句话，嘭的一声，砸开了一长者泄洪的闸门。长者凝神思索片刻，便滔滔不绝地讲了起来。

那蟒如何腾云驾雾，如何嘶吼长鸣，使得山变色，树影摇，乱石飞。能呼风唤雨，能消灾除魔。

众人听得如痴如醉。突然传来一阵嗞嗞嗞，*丝丝丝*的奇怪声响。时长时短，断断续续，还掺有一*丝*凄惨，令人毛骨悚然，又不由得心生怜惜。

循声望去，一悬崖处的荆棘丛里，一巨蟒在那里乱成一团，痛苦挣扎。荆丛与蟒交叉纠缠，形成难分难舍之势。经云腾雾染，更显神秘莫测。

众人目光*丝丝*缕缕，穿过树缝叶孔，隐约可见，那蟒长约两丈，碗口粗细的身子，尾部一截却如鼓般隆起。众人吓得汗毛倒竖，不知所措。

还是长者有经验。细看那蟒，似乎被一*丝*线样软韧之物缠着，不能脱身，于是痛苦哀号*丝丝*吐蕊。身上、地上、荆丛，洒有斑斑血迹。这分明是一条准备产卵的蟒。

众人面面相觑，不知如何是好。还是长者提议，不如就近看看，也许这便是传说中的灵蟒，现在有难，我们应该出手相救。

胆大的，驱步向前，胆小的，挪脚跟随。众人捏汗瞪眼，一步一趋，移前一看，果然被一铁*丝*缠身。那是附近猎户，捕捉野兔、野鸡用的。

众人谨小慎微，七手八脚，抖抖索索，找来长树枝，几经周折，才拨开了铁丝，让蟒得以脱身。

蟒没有如传说中那样，地动山摇，云来雾去，而是扭头观望，一弓一挪地去往林密叶浓处，最后，消失在云雾之中。

众人吸气目送。良久，才转身散去，分头采药。又聚拢一同下山，边走，边兴高采烈地谈论那蟒，及救蟒的惊心一幕。

此时，已是烈日当空，云开雾散，山肥树高。众人下山后，各自回家。因余兴未消，少不得跟家人吹嘘一番。

第二天的阳光，兴致高昂地照进寨子时，人们发现，竟然凭空多了几只野兔、野鸡。众人大感惊奇。

一连几日，均是如此。有人便早起，弓身猫背，藏于暗处观察，果然是那蟒所为。于是人们称那蟒是灵蟒。通人性，识人情，懂得知恩图报。

后每隔十天半月，便有野味尝鲜，人们也习惯了蟒的馈赠，彼此安好。

一日，几位采药的山民出门，不久便慌张惊恐而返，众人忙问。那几人说，遇到了"龙虎斗"。原来那蟒与一老虎狭路相逢，一时虎啸蟒吟，斗得天昏地暗，难解难分。

众人担心蟒丧虎口，又惧虎威。最后操起铜锣锅盆，在离虎蟒相斗不远处，围而猛敲。一阵阵摇鼓敲盆声，如山啸海吼。老虎见状，惊而拔腿转头狂奔，一路往深林而去。望虎影渐消，众人心复归位。

蟒脱困了，再次转头凝视山民，边频频致谢，边缓缓遁去。众人眉展脸舒，心胸渐阔。纷纷长吁一口气。

此后，寨子里的野兔、山鸡，竟然变成了野羊、野獾。山民也不客气，照单全收。只望灵蟒从此无灾无难，健全安好。

一个阴风雨歇的日子，一山民发现自家几月的婴孩不见了。顿时失魂落魄，呼天抢地。人们全体出动，四处寻找，无果。

就在众人绝望顿足时，有人惊奇地发现，那蟒驮着婴孩，匍匐而来。身后不远处，还有一只气息微弱，血迹斑斑的狐狸。

原来，是那狐狸偷了婴孩，被灵蟒逮住，救了婴孩一命。婴孩父母抱起婴孩，除划破点皮肉，尚无大碍。于是破涕为笑。幸好是一场虚惊。好险。如不是灵蟒相救，婴孩之命休矣。

山民众人齐跪拜伏，送灵蟒远去。个个泪目。感恩不已。

山寨不远处有一乡绅富户。家丁无数，丫鬟成群，富甲一方。

那乡绅新纳一小妾，娇俏可人。整天将乡绅迷得神魂颠倒。小妾身弱体虚，三天两头卧床不起。

乡绅请一郎中，郎中说，只有取那灵蟒之胆，伴酒喝下，可痊愈。

乡绅大喜。莫说是一只蛇胆，就是摘星揽月，也不难。

郎中道，可不是一般的蛇胆，那是灵蟒，常人别说得到，就是一见也难。

为了与小妾长久把欢，乡绅苦思良策，不惜花重金，请来更多壮士高人，每天披日进山寻找，戴月蹲守。

灵蟒还是进了乡绅的包围圈。好一顿惨烈相搏。棍棒石块，火枪土铳，一齐上阵。一时间，乱石横飞，枝叶崩裂，鸟虫噤声，四散奔逃。山民全都紧心捏汗，无奈乡绅势大，斗不过。

只得暗中相助。蒙头遮面，隐身藏音，在远处、暗处，伺机出手相帮。

终于撕开破绽，脱困的灵蟒，倒在山民身边时，已奄奄一息。山民借夜幕山林掩护，将灵蟒藏进暗处隐于山洞。每日送药、送鸡，饲养灵蟒，直至康复。

乡绅气急败坏，耗巨资费巨力，好不容易逮到机会，煮熟的鸭子飞了。

不几日，乡绅小妾气绝身亡。乡绅痛不欲生，犹如困兽，绝望咆哮。

乡绅疯狂地搜寻灵蟒。花更多金钱，更多人力，整日整夜进山搜捕，蹲守。不放过一丝风，一寸土，一棵树，一个洞。

乡绅红着眼，咬着牙，鼓着劲，暴着筋。发誓要报仇雪恨。

山民莫不噤声退避，以免惹祸上身。只在心中默念："灵蟒平安。"

从此，灵蟒凭空消失，无影无踪。无论乡绅，还是山民，再无人有缘得见。

◀ 金 匠

徐金匠在湘北一带影响大，声誉好。民间、官方，争相与其合作。徐金匠技艺高超，金饰器具，精致耐用，雕龙画虎，刻鸟纹虫，栩栩如生。

民间村妇，官府太太，富人小妾，无不以穿戴徐金匠所制金饰为荣。

徐金匠不止善做金饰，还有金的品质。过其手必真金足赤，决不掺假。

衙门刘县令找到徐金匠，令其给九个姨太太和一个正夫人，每人打一套金饰。

金钗、手镯、戒指、项链、耳环、脚圈。这一套下来，不得扒了刘县令的皮。何况是十套。

无奈，谁叫他贪色成瘾，娶一堆女人呢？既然答应了女人的事，就得全力办好，不然后院起火，家宅不宁，他也不能安心为官，静心办案。

于是，找来徐金匠商量。徐金匠直摇脑袋。以黄铜镀金的事，他坚决不为。因祖上告诫，只做真金，不得违抗。

刘县令好说歹说，见徐金匠油盐不进，不由勃然大怒。敬酒不吃偏要吃罚酒。既然不听话，留着也没用。于是，令人将其收监待斩。

为守祖训，更为保清誉，徐金匠紧咬牙、不松口。任其软硬兼施，不动摇。徐金匠认为自己是真金不怕火炼。刘县令觉得他就是茅坑的石头，又臭又硬。二人话不投机，半句多。

徐金匠被打得皮开肉绽，死去活来。这天，一妙龄女子进到牢房，支走牢卒，对徐金匠温存耳语。

徐金匠两眼一闭，冷面相对。任尔虎啸狮吼，或是春风拂面，我自岿然不动。

半晌无声，随后缓缓迎来嘤嘤啜泣。徐金匠诧异，睁眼见那女子，梨花带雨，楚楚动人。

女子是刘县令九姨太的丫鬟，自小家贫母逝，被父贱卖至妓院，被刘县令的九姨太赎了，做个粗使丫头，小名花儿。

徐金匠被花儿的苦楚经历感动。花儿敬佩徐金匠的为人，愿以身相许。她深知刘县令恶毒冷血，心狠手辣，与其硬刚，不如虚与委蛇。先假意接受，保全性命，再图后路。

面对美人金玉良言，徐金匠心有悸动。其实，几日所遭所受，他也痛苦不堪，实难忍受，明知是计，不如将计就计。兴许花儿赤诚一片，也未可知。如果真，那便是天赐良缘。

徐金匠苦思良久，内心坚冰渐渐融化，紧皱的眉头，如春风舒展。春来冬去，花开日暖，终于点头应承。花儿大喜，摇动美妙身姿，娇俏灵动地扑向徐金匠，徐金匠铁汉柔情，两人相拥而泣。一个凄美动人，一个落难英雄。惺惺相惜，彼此爱怜。冰冷血腥的牢房，因而温情涌动，如沐春风。

不久，十套金饰备齐，刘县令的夫人姨太们，个个笑脸如花，腰肢胡扭，花枝乱颤，人人谄媚刘县令，求宠示爱。刘县令也满面红光，一脸红印，喜不自禁。徐金匠获释，花儿安心。一时皆大欢喜。满堂笑声欢语。

花儿不食言。不管艳阳高照，还是阴雨绵绵，总会抽时间与徐金匠会面。两人情意绵绵，深情款款。只是每次话短情长，蜂有意，花有情。只等时机成熟，便向刘县令禀明内情，求得成全。守得寒冬过，总有花开日。

一波刚平，一波又起。刘县令风云再现，而且是台风、狂风、龙卷风。刘县令获一批金器金条，需经手上报国库。闻到荤腥的猫，哪顾得上主人手里的棍。吃饱喝足抹尽，才是贪的本性。人心不足蛇吞象。刘县令就是那只贪吃的猫。猫眼一转，骨碌碌，满肚坏水泉涌，奸计立上心头。话未说完，徐金匠便吓得身如筛抖，直冒冷汗。此事万难从命。哄骗几个女人易，欺骗国家，那可是杀头重罪。搞不好，株连九族。

无奈，刘县令财迷心窍，吃了秤砣铁了心。铁树不开花，自有花儿开。花儿再次用柔情，感化了徐金匠。面对楚楚动人的花儿，徐金匠身有百口，也吐不出一言。是的。民难斗官，好汉不吃眼前亏。何况还有这么个，娇艳欲滴的花儿等着他，令他不敢轻举妄动。真是英雄难过美人关。有了弱点便无原则，无刚性。

刘县令欺上瞒下，手眼通天。得财又升官，春风得意马蹄疾。只有徐金匠，整天手提心，嗓塞心，心上心下，不得安宁。纸终难包火，冤总会出头。不知哪位姨太，找高人验了金饰，真假立竿见影，以为偏心，没想全是假货，结果一风千浪。

夫人姨太们，一哭二闹三上吊。顿时鸡飞狗跳。一地鸡毛。好不热闹。一时风吹火势，即将燎原。刘县令难以招架，只得抱头逃窜。但跑得了和尚跑不了庙。

刘县令只得将罪责推往徐金匠。徐金匠污名倾盆，名节尽毁。街谈巷议，如过街鼠，鼻涕虫，人人喊打，个个嫌而避之。

徐金匠声名不保，祖宗蒙羞。刘县令担心东窗事发。便暗散消息，引土匪劫金。土匪果然中计。个个如狼似虎，策马扬蹄，奔财而来。人为财死，匪为财亡，劫得金后，长笑而去。那消息果然比真金还真。土匪哪知是刘县令故意而为，上当而不自知，才是真傻。可叹。

刘县令聪明反被聪明误。但好在虽升官无望，官帽可保。只令其剿匪追金。年年剿匪，剿不尽，匪越剿越多。剿匪不过是做个样子。刘县令依惯例，扯虎皮做大旗，喊一阵闹一阵，草草收场。

徐金匠无故蒙冤，祖上基业尽毁。自觉无颜面祖，好在他早有准备，只待时机出手。

不日，岳州知府收到一封匿名信。上书一首打油诗：

金匠只做真金器，

从不作假昧良心。

如果真假难辨时，

赝品底下有个铜。

打油诗一经流出，土匪窝里也炸了锅。原来每根金条，每件金饰金器底部，都刻有一个肉眼很难看出的"铜"字。

刘县令被罢官收监。

徐金匠带着花儿，隐姓埋名，远走他乡。

◀ 义 猴

大山坳的猴子，顺弯道，吊悬崖，跳沟壑，弹树枝，荡藤条，上天入地，无所不能。

钻入庄稼地，便胡掰乱采，一顿撕咬、狼吞，任稻子倒地，玉米打滚，满地鸡毛。躲进果园，便攀树折枝，摘果乱啃，一片狼藉。

就像孙悟空大闹蟠桃会。令山民痛苦不堪。可惜没有那如来神掌，也找不来观音的"紧箍咒"。

有人扎稻草人恐吓，有人做围栏遮挡，有人用弹弓、木棍围剿。战斗不断升级，互相强压怒火，只等哪天爆发。

终于，一只猴子掉入了陷阱。山民们欣喜若狂，准备生擒活捉，再下油锅，或者炖、炒、煎、炸，总之一定要解恨。

落单受困的猴，自知难逃厄运，在陷阱里吱吱哀叫，不时跪地拜伏，作求饶状。

人们见此，虽稍有怜悯，但想起往日行径，依然怒火难熄。

猴居然跪地抬头，目视山民，痛哭失声，泪如泉涌。这一幕实属罕见。有人不忍，悄悄抹泪，有人同情，默默注视。

还有人发现，猴的胸前，竟然抱一小猴。那小猴圆睁双眼，一脸稚气，完全不懂已身陷囹圄，大难临头。

又有人发现，猴还怀有身孕，那圆圆的肚子，似即将临盆。怀里抱一个，肚里怀一个，此情此景，哪还下得去手。

人们面面相觑，不知所措。有人提议，不如放了吧。声一落地，众人立即附和。对对对。是是是。

众人抛石弃棍，丢盔弃甲，纷纷散去。见猴在陷阱里难以脱身，又放下竹竿，让猴顺杆儿爬出了陷阱。

猴也识得察言观色，先是尖叫惊恐，后是跪求告饶，再是千恩万谢，终于一步一回首，往深山而去，群山掩映，树影婆娑，淹没了身影。

从此，出了奇事。猴再也不来损毁稻粟，抢食瓜果，祸害山民了。

猴还会给庄稼驱赶麻雀野兽，给山民看家护院。有个老人在田里劳作晕倒，猴会进寨报信，有山洪等天灾，猴会预警。

特别一次，一只巨鹰在半空盘旋良久，趁天阴日敛，云浓风止，盯上了一几月婴孩。婴孩父母外出务农，独留一老妇看护。

老妇哪见过这个场面，极力与巨鹰搏斗。无奈腿软腰弯，加之惊恐过度，竟倒地不起。

鹰大展其翅，伸出利爪。婴孩依然在摇篮中熟睡，梦中吸乳，嘴动声醋，面带微笑，全然不知大祸临头。其白胖的身子，与鹰爪的尖锐，形成鲜明对比，一爪下去，定如刀切豆腐，牛吃青草。

眼见巨鹰得逞，婴孩即将惨遭毒害。一群猴狂蹦乱舞，边叫边挠，手脚并用。石块、木棍齐上，终于战胜了鹰，鹰没料到，半路会杀出一群程咬金，这群可恶的猴子，竟是它的克星。于是，敛翅悻悻而去。群猴齐心协力，赶走了死神、厄运。保全了婴孩，保全了一个家庭，保全了整个山寨的安宁。

山民亲眼看见，纷纷从四面八方赶来，见婴孩依然睡得香甜，老妇也无大碍，猴也渐渐远去，一切安好。不由泪涕交加，跪谢猴群。

从此，每到丰收季节，山民都会在山下撒稻丢粟，摆放瓜果，供猴享用。猴也不客气，总是大快朵颐，饱腹而去。

如遇冬雪，山果稀少，猴难觅食，山民也会在山脚备足水米，让猴吃喝无忧。

好一派人猴互助，人猴和谐的美好景象。

那年，日本兵用尖刀利炮，打开了大山坳的山门，从此人猴遭殃，鸡犬不宁。

一名日本大佐，不知从何处，听说一种猴脑的吃法，称极其美味，而且营养丰富。

大佐狞笑着，边踱步，边向山民讲述，先用木枷锁住猴，再在一旁生火架锅，着一大力汉以锤击猴头，当即挖出猴脑，置于锅中煎至七成熟。那热气未散的猴脑，嫩滑爽口，无比鲜美。

此时，猴依然活着，眼睁睁被人锤头挖脑，痛苦不堪。直至精力耗尽，让人吃光抹尽，方才断气。

其惨状，世上少有，人间难见。说完，大佐垂涎欲滴，奸笑声，令人毛骨悚然，在耳边反复萦绕，令人心惊肉跳。众人掩面叹息，摇头不止。

大佐逼迫山民交出猴群。山民不肯，坚决不让大佐贪欲得逞。

大佐暴怒。围堵住村民恐吓。不交猴便交人。吃不成猴脑，便吃人脑。

见山民个个表情木然，岿然不动。大佐气极。正是北风呼啸，寒冬肆虐时，大佐心一横，扯出一人，便要下手。

千钧一发之际，猴群从天而降，现场士兵没有防备，每人脸上，瞬间多了一道鲜红的猴爪印。

日本兵痛苦不堪，抱脸打滚。猴群早已一哄而散。顺山道小沟，田坎斜坡，逃得无影无踪。

大佐决定亲自带兵抓猴。一连数日无果。人们个个提心攥拳，怒目而视。只愿苍天保佑猴群平安。

不一日，大佐狰狞的笑声，如梦魇响起。一群日本兵，用绳索牵了只猴，跌跌撞撞，嬉笑而去。

那竟是山民救下的母猴。大佐择日准备享用。

那日，乌云滚滚，山涛阵阵。大佐命人架着猴，置好锅，准备享用猴脑大餐。

山民凝目注视，敢怒不敢言。当一切准备妥当，猴自知难逃厄运，身如筛糠，双目紧闭。人们低头闭眼，不忍直视。一切全凭天意。愿老天保佑。

此时，猴群再次从天而降。如狂蜂乱舞，抓挠撕咬，打伤兵丁无数。大佐气急开枪示警，众猴散去。那只母猴，也奇迹般逃了。

大佐不服，大佐的脸上，多出了一颗血红的爪印，在众人目光密切注视下，闪闪发光，十分滑稽。人们想笑，但却笑出了苦音。大佐暴怒，决定报复，于是，择晴日，走大道，一路大炮开路。见峰便打，见洞便轰。一时间，石飞树断，沙舞尘扬，天昏地暗。

但始终没发现猴群身影。大佐气急败坏而返。留下一堆乱石残树，在风中零乱。

从此，大山坳再无猴群。

◀ 灵 耳

三百六十行，行行出状元。三教九流，都有人从业，均为糊口讨活。天生我材必有用，生下来，都是自带口粮。哪怕失明、失聪，或腿脚残疾，都有活路。

比如盲人，其职业是卜卦算命，被称为"算命先生"。有人添丁进口，便挂棍不请自来。尽管眼前漆黑，但心中敞亮。见面先夹棍，再弯腰，后屈膝，双手抱拳，嘴里大喊"恭喜"。主家将满面堆笑的先生，赶紧让进家门，端茶倒水一顿忙活。

先生闭眼默神，口中念念有词。都是一些顺口溜。词也都是好词。大意是，生得威武端正，定能健康成长，学习用功发奋，将来成就大业，人生福寿绵延。然后，将新生儿的生辰八字，交给主家保管。一张早就备好的黄纸。在湘北名曰"讨喜钱"。这一通操作，主家无不眉开眼笑，心甘情愿，出喜钱打赏。

一陈姓盲人，天生失明，几岁便师从盲人师父，成年出师，独自行走江湖。眼盲偏耳聪，长一对顺风耳，能听见丈外虫蚁唶噬声，一里外人的脚步和说话声。人称"灵耳陈"。

灵耳陈不喜奉承。总是直言快语。聪明有种，富贵有根。人的命运各不相同。佛说："先制死，后定生。"有人命好，有人命差。命是天生，哪是奉承有用的？灵耳陈全都直说。

都知其性格，也不避讳。要的就是真话。有人命好。说者痛快，听者开心。皆大欢喜。喜钱倍增。

有人命差。依然是说者痛快，但听者不爽。无奈人家有言在先，直话直说。只得咬牙忍着，任他蚊子般嗡嗡作响，不与计较。虽心中冒火，但喜钱照给。话未说完，便让其先行，只求图个清静。

也有脾气差的，听到不好处，顿时大发雷霆。喜钱不给，连人带棍子，扫地出门。灵耳陈也不恼。但这事却见风就起，见缝就钻，瞬间，传遍山角地缺，村寨院落。成为茶余笑料，饭后甜点。

灵耳陈天生侠义，好抱不平。偏有不平事，纷纷入耳。东家鸡被偷，西家羊被盗，哪个光棍进了寡妇家。没一样逃得过他的耳朵。一般人听听也就罢了，他偏要管闲事。既受到表扬，也遭人痛恨。

一日，夜黑风高。灵耳陈夜起小解，偶听隔壁几人密谋，要去偷村西刘寡妇的猪。灵耳陈听得真切，可惜动作迟缓。等他追出，哪还有人影。只得强压邪火，待时出击。

第二天。灵耳陈便拄棍挪脚，一步一挨地去给刘寡妇报信，让她晚上提防。刘寡妇先是不信，一个盲人，能有这能耐？后一想，宁信其有。于是，寻几壮汉提前潜伏，没想果真有事。便将那几人狠揍了一顿，幸好逃得快，不然逮住送官更惨。

灵耳陈虽获得刘寡妇一只鸡的回报，却也引来了那几人的报复。砖头石块，牛粪猪屎，总是在夜深人静时，自天而降，不但臭气熏天，砸烂家什器具无数，严重时还会将人砸伤。

灵耳陈知道是谁所为，本想报官，又无证据。光凭听觉，显然不会采信。灵耳陈不想惹事，惹不起还躲不起？

只得频繁搬家。江山易改，本性难移。那些找上门来的闲事，总是折磨得他食无味，寝难安。

他能搬，妻儿可受不了。陈妻是邻村李家女子，虽跛脚，但长相俊美，见他是个人才，能卜卦算命赚钱，才肯嫁他，并生下一子。可哪个不想安稳过活？

于是，在陈妻的吵闹中，忍了几年。也有不怀好意者，找他合作，利用他的灵耳，大发横财。灵耳陈负责探听消息，他们负责套现，然后平均分配。不几年便发家致富，有何不可？比如，哪家的钱财藏于何处，哪家哪天要去何地，何时无人在家。那些人恨不得挖去灵耳陈的双耳，安放在自己脑袋上。灵耳陈哪肯就范，一顿抢白，令坏人落荒而逃。

光明磊落的灵耳陈，人在江湖身不由己。越想安静，那些不能见光的事，越不饶他。总是无翅能飞，顺风而来。大事小情，挤挤拥拥，直往他耳里钻。如一条条毒蛇，挤满了他的脑袋，互相纠缠撕咬，搅得他内心不安。

那日，偶听一对露水偷情，两人均有家室，还干出这等丑事。灵耳陈实在忍无可忍，将此事分别告知家属，当晚两边家属合伙捉奸在床，事情败露，一时鸡飞狗跳，家破人散。

更多嫉恨，如狂风暴雨，令灵耳陈再次搬迁。其妻也怨声再起。两人一时性急，争吵了几句。于是妻与他分床而眠。两人心中有气，互不相让。几句言语，也没当真。过几天自然和好。于是各自安睡。当晚，夜深人静。灵耳陈听到一男子压抑的声音，顿时一个激灵，坐将起来。那人竟趴在墙角，与陈妻对话。灵耳陈竖起耳朵，屏心静气。其实他竖不竖耳，那声音都会顽强地往耳内灌，心里钻。他被这些事，搅得烦不胜烦。但别的事还好，这事立即令他头大如斗。

那对话的大意是，要榨干灵耳陈钱财，带着他们的儿子远走他乡。灵耳陈当即血冲脑门，准备找陈妻理论，活捉那对狗男女。后一想，别人在暗他在明，别人健壮，他体弱。小心他们狗急跳墙，捉奸不成，反而加害于他。

没想到，他诚心以待的妻子，竟背叛了他，且孩子也非亲生。你不仁我不义。为防患未然，还需早做准备。于是，灵耳陈脑一热，未经思索，于隔日请人写了休书，画押后丢下休书，卷了钱财，丢下妻儿，一走了之。从此，远走他乡，隐姓埋名。

多年后，回村祭祖，才得知那是仇家诓他的。他仔细回味当时细节，确实只有一男声，妻子在熟睡状态，并无回应。

因他一时气急攻心，未及细想，终成大错。如今，妻子早已另嫁，儿子改姓，并视他如路人。

灵耳陈自知罪过难逃，痛苦不堪。于是，大喊一声，两掌拍脑，自废双耳，此后，灵耳不灵。

神鱼

洞庭湖边有个高姓渔夫，既打渔又养鱼。每日身处烟波里，人在画中游。将一日三餐过成了诗，把人生风雨描成了画。

高渔夫网了湖鱼，一时卖不完，拣新鲜的，欢蹦乱跳的，养在自家池塘。

高渔夫半生与鱼相伴，对鱼比对自己还了解。鱼的公母，年龄，一摸鱼鳞便知。偏对自家池塘那条红鱼，一无所知。

红鱼形似鲤鱼，身长又如草鱼，杂食，孤僻，但与他亲近。

每当高渔夫蹲在池边吸烟，或者吃爆米花时，红鱼便在池边游动，戏耍。

高渔夫目光到处，红鱼追逐而嬉，如果抬一抬手，红鱼便跃出水面打个翻叉。如果撒几粒爆米花，红鱼便张嘴抢食，摆尾致谢。

至于红鱼的种类，性别，年龄，高渔夫一脸迷雾。查典籍，找资料，无迹可寻。

累了烦了，高渔夫会身披夕阳，头顶夜幕，在池边小坐，与红鱼戏耍，交谈。

烦恼和疲惫会随水波消散，欢乐与积极，便在红鱼的顽皮中，悄然生发。

有了难解的题，高渔夫会问红鱼。点头表示同意，摇头表示反对。转一个圈，表示喜悦。他们同吃爆米花，一起共悲喜，每次期待而来，满足而归。

时间一长，鱼能听出人的脚步，人能觉察鱼的游动。他们虽非同类，但彼此心灵相通，无话不谈，互为知己。

鱼打了无数，也卖了无数。唯红鱼，坚守池塘，彼此相依。

一日，高渔夫披一身彩霞，打鱼归来，池塘金光闪闪，如诗如画。高渔夫想早点与红鱼共享收获，互吐心事，脚下加紧几步，老远便见两岁儿子在池面挣扎。

急奔去，却见红鱼托人，人虽挣扎，但沉下又托起，他一把救起儿子。

鱼点头摇尾。一番复杂的表达，与高渔夫撞了个满怀。人鱼激动不已，又彼此安慰庆幸。

这鱼，可是救了儿子的命啊。从此，人鱼更加心心相印，情谊深浓。

这等奇事，一时乘风破浪，流传千里。人们争相观看，但红鱼只是躲避不见。待星稀月冷，人声远遁，高渔夫才能与鱼相见，互话短长。

那天，明明艳阳高照，突然乌云密布，电闪雷鸣。高渔夫正摆开架势，想与红鱼交谈，没想到鱼一反常态，不再与他闲聊。而是暴躁不安，几次跃上池岸，张口大喘，似有所言。

高渔夫心有感应，莫非要出大事？眼看天的阵势，估计要下大雨。便问红鱼是否要下大雨。鱼点头。随后又摇尾。高渔夫一惊，莫非不只是下大雨，还会发洪水？红鱼点头不止。

高渔夫大惊，赶紧通知乡民，抓紧逃难。一边拿锣敲打，一边往各乡舍奔跑。乡民纷纷出动，争相往山顶逃去。半个时辰后，山洪如山倒海塌，喷泄而出。

红鱼为乡民争取了宝贵的逃生机会。一时，乡民在山顶伏地跪谢，真是神鱼啊。从此，红鱼声名远播。

一日，李乡绅突然端来一脸笑容，以及满嘴甜言甜语，令高渔夫顿感诧异。此人一向奸诈，需小心提防。尽管内心筑堤，但表面不能露出破绽，宁得罪君子，不可怠慢小人。于是礼貌回应，小心对付。

果然，三言两语，便剥去糖衣，露出尖刀利刃。李乡绅想买红鱼，献给一京官，以求恩宠。

高渔夫哪里肯依。哪怕天崩地裂，山呼海啸，粉身碎骨，也不能忘恩负义。何况那鱼也有恩于李乡绅。李乡绅哈哈一笑，一条鱼嘛，还不是个畜生。哪有人金贵。那京官位高权重，日后，定有回报。这对你高渔夫，也是大功一件。

见高渔夫依然不为所动，李乡绅收起笑容，露出獠牙。一顿胡撕乱咬，山失色，水断流，人心慌。狠话恶语，如暴雨倾盆。

无奈人倔鱼也倔，吃了秤砣铁了心。一个紧咬牙关，一个潜水不出。

不日，高渔夫突然发现，自家池塘见底了。水去草伏，鱼已无影无踪，只有塘泥肚皮朝天，对他翻着白眼。似有无限责备，又无从说起。

高渔夫一时慌乱如麻，腿软心痛，一不留神，竟坐地不起。稍缓过劲来，又前思后想，反复思量，定是李乡绅所为。于是，抬腿扭身，马不停蹄，急忙找到李乡绅，愿出高价赎鱼，只求红鱼平安。李乡绅嗤鼻瞪目，死不认账。还倒打一耙，反诬他私自煮了汤，吃了鱼，享受了美味佳肴，还赖别人。

高渔夫闭目捶胸，红鱼休矣！他打听到，那京官，嗜血成性，尤喜特异灵性动物，比如会耍杂的猴子，会唱歌的鸟儿，通人性的狗。得之，或煮或炖或炒，配上黄酒、美人，异常畅快。

有人摸其秉性，对症下药，投其所好，或谋利或谋官，狼狈为奸，互惠互利。

当夜，月光暗淡，云儿悲伤，树影摇一地哀愁。高渔夫着黑蒙面，翻了高墙，脚踏厚瓦，进到李府，想找寻红鱼。

房前屋里，墙角檐口，找了个遍。最后，在天井里找到了鱼。红鱼听到熟悉的脚步，在天井里欢欣不已，高渔夫闻到红鱼的游动，兴奋异常。

人鱼刚一相见，来不及互诉衷肠，一张巨网自天井上空罩下，高渔夫被捆了个结实。

鼻青脸肿后，高渔夫吐出一口鲜血，红鱼自天井跃出水面，染一身鲜红，天井里顿时水流奔涌。

高渔夫被打得遍体鳞伤，再被拖出屋外，扫地出门。回到家后，高渔夫万念俱灰，一时昏厥过去。

醒时，才惊觉身处水中。伤口经水一冲，疼痛不已。赶紧站起，眼前一片汪洋。

不止他家。整个村舍、田园、池塘、山丘，洪水翻滚。如火烧锅煮，沸腾不已。

人们慌作一团。丢了家什器具，扶老携幼，蹬高踩低，一路向山顶转移。

高渔夫看见，李乡绅也在慌乱的人群中，不时手忙脚乱，指天画地，不时抹袖啜泣，又仰天叹息。

　　洪水滚滚，一路涌向洞庭。包括那条红鱼。从此，红鱼再无踪影。

◀ 灵 狐

庄稼汉大林，世代务农。偶尔捕只野兔、山鸡，改善生活。

那是个阳光明媚的春天，草儿扯着太阳的金线，吭哧吭哧拔节，花儿与太阳对视一眼，次第绽放。大林闻着一路花香，在心里哼着歌儿，来到了自己设置的陷阱旁。

陷阱明显有异，那些断枝残叶的假象，已被揭穿。获知真相的后果，便是身陷囹圄。大林心里一喜，应该有货。屏息凑近，陷阱里一只狐狸，在大林眼皮底下，惊跳不止。周围泥土激情上扬，与狐狸慌乱的心跳呼应，夹杂着草香扑鼻而来。

如果是兔、猪、獾之类的野物，大林会立即捉去享用。狐狸通人性，一般都会放生。

大林与狐狸一上一下地对视，狐狸哀怨地叫了一声，便伏地跪求。痛苦的表情上，还挂着两行泪珠。与一束树叶，无意中筛下的阳光，正面相撞，砰的一声，刺痛了大林的心。

大林救了狐狸，但狐狸却犹豫着，不肯离去。大林轻推狐狸，示意它赶紧回家吧，别让亲人久等。狐狸一个趔趄，一只后腿拖在地上，明显跟不上身体的行动。原来，脚上还缠着一个兽夹。那是误踩了猎人的机关，挣扎逃窜间，又掉进了大林的陷阱。

大林将狐狸带回，用盐水消毒，裹住伤口，再精心饲养。至狐狸痊愈，才将其放归山林。

狐狸一步三回头地走了。大林内心略有不舍，但人兽殊途，都有属于自己的生活，虽有交集，必然分开。

狐狸走后，家里突然变得冷清。睡至半夜，大林在梦里有些思念狐狸，于是突然醒来，发现窗口有异物一闪，果然是那狐。大林惊喜拔腿坐起，奔至窗口，狐狸放下嘴里叼着的红帕子，一闪身走了。那帕子鲜艳夺目，像一女子之物。

大林深感奇怪，想起昨天自己丢失一块头巾，今狐狸又叼来一块帕子，不知何意。几日后的一个下午，那狐狸放下一个头钗，叼起大林的草帽便跑。

大林携满腹疑问，一路踩着狐狸的足迹，来到了后山。狐狸在离大林家二十里山路处停下。大林发现，狐狸竟将他的草帽，给了一个姑娘。姑娘也发现了大林手里的头钗和帕子。

两人就这样通过一只狐狸相识了。姑娘叫如花，父母早亡，跟哥嫂过活。哥弱嫂恶，如花姑娘生活十分艰难。

大林也是独自生活，年过三十还是单身。两人互生怜惜，又心生爱恋。最后结为连理。

每到夏秋，满山兔跑鸟鸣，狐狸会叼一些野物，给大林夫妻改善生活。冬春淡季，大林会留点小米稀饭，给狐狸果腹，彼此互帮互助度日。

拥有豪宅大院，和良田无数的张乡绅，得知大林拥有一只通人性的狐狸，动了歪心。

张乡绅有一独女小莲，青春貌美，待字闺中。张乡绅愿将小莲许给大林做妾，只求得到那只狐。并允诺，自己百年后，所有房屋田产，全给大林。

张乡绅世代大户，虽富却无官职。张乡绅探知许知府的小妾身患奇症，定要那通人性的灵狐麝香，才能医好。许知府散出消息，有人能弄到灵狐麝香，不但赏万金，还封官县令。

万金张乡绅不稀罕，但县令一职，早已垂涎。大林摇头不止。那灵狐不只是他的月老，还是他的朋友、知己，相依为命的亲人。

何况他已有妻室，不能做有负妻子如花的事。张乡绅也不恼。男人三妻四妾正常，给小莲一个妾位即可，不求正位。实在不肯也不勉强，先做个忘年兄弟，日后有事互相帮助。

从此，兄长张乡绅便时常请小弟大林喝酒。一次，酩酊大醉后，大林便在张乡绅家留宿了。早上醒来，发现身边躺着小莲。大林一个激灵坐起来，羞愧不已，又无可奈何。好在小莲落落大方，不怒不怨。

倒在小莲温软香润的怀里时，大林知道自己掉进了张乡绅的陷阱。大林按照张乡绅早已设好的计划，一步步放弃了抵抗。美女、良田、豪宅和万贯家产，与一只小小的狐狸相比，哪个更重？

冬天，在一片雪花飘落时，便瞬间披上了银装，树木山田归隐，野兽飞禽远遁。

大林给狐狸准备了丰盛的食物。有小米、瓜饼，还有一只烤鸡腿。狐狸欢喜不已，大快朵颐后，又跟大林擦身、蹭腿，一番亲近。

大林也欢喜异常，他想起第一次与狐狸相遇，并从陷阱里将它救出，狐狸知恩图报，将他与如花牵线成就姻缘。自此，他与狐狸成了朋友，患难与共的兄弟，最知心的亲人。

突然，大林收起爱意，眼放凶光。心一横，手一紧。狐狸也明显察觉有异，奋力踢腿挣扎。但晚了，大林已牢牢将它抓住。那只给过它无限温情的手，竟成了套住它的陷阱。

狐狸绝望地哀号，希望大林能回心转意，放它一马。大林已失去理智，并喃喃自语，灵狐灵狐，你好狐做到底，送佛送到西吧。今借你的麝香一用，来生来世，咱们再做兄弟。

大林的心越来越狠，手越来越紧。狐狸感到头晕眼花，心跳加速，呼吸困难。突然，它用力一挣，猛地勾头，张开利齿，对准自己的裆部，狠咬一口。一束尖厉的叫声，撕破长空，树上落雪阵阵，洁白的地面，淌一串殷红。狐狸气绝身亡。

早听老人们说，灵狐危机时，会自毁麝香，大林竟没防患。麝香没了。张乡绅当官无望，女儿、家产一并收回。如花得知大林对灵狐恩将仇报，气愤绝望地出走他乡。

大林又过起了形单影只的生活。每每午夜梦回，便会孤寂地想起灵狐，想起如花，想起他们互帮互助、平淡而甜蜜的日子。

第三辑

表现

◀ 被谁害惨

赵小丽人长得漂亮，心气也高，父母给她张罗相了上百场亲，但每次总是以失败告终。

眼看就要过 30 岁了，父母急得头发白了一大半，可赵小丽不急。每次相亲时，赵小丽翻来覆去就是那几个问题：小伙子的身高达到 1.80 米了吗？住的是不是三层楼的别墅？开的是宝马车吗？连媒婆都受不了了：像这样好条件的小伙子，还真是难找，这不是要求典型的"高富帅"吗？

随着赵小丽年龄的渐渐增长，来相亲的小伙子，不但总是达不到她的要求，而且条件还一个比一个差。父母眼看着一些条件还不错的小伙子，被别的女孩相去了，心里就更着急了。于是便请了七大姑八大姨，轮番来做她的思想工作，让她稍微放低一点标准。可赵小丽就像吃了秤砣铁了心，说："本姑娘就算一辈子不嫁人，也不能降低条件！"

转眼，赵小丽40岁了，父母也相继去世，再也没人为她操心婚姻大事了。赵小丽也就乐得单身，无牵无挂。只是偶尔夜深人静时，叹息长夜难熬。

突然有一天，赵小丽遇到了一个人，这才让她的心里起了波澜，那是她的高中同学张倩倩。那时，张倩倩和赵小丽都是学校的校花，两人平时也最谈得来，于是总是形影不离。后来，张倩倩当了"北漂"，两人才渐渐断了来往。

张倩倩的突然出现，着实令赵小丽吃了一惊。因为张倩倩带回的丈夫还不到1.60米，而且也不是什么住别墅、开宝马的大老板，而是一个普通的小生意人。在北京一家菜市场租了个摊位，贩卖蔬菜。看样子，张倩倩对她这个"普通"的丈夫还挺满意，也许是因为那人对张倩倩无微不至的照顾吧，让张倩倩感到生活挺幸福。

面对张倩倩一脸幸福的样子，赵小丽终于忍不住吼道："张倩倩，你这个骗子！"张倩倩吓了一跳，忙问："小丽，你怎么了？"赵小丽说："你不是写信告诉我，你找了个'高富帅'男人吗？还给我寄来了你们在别墅、宝马前恩爱的照片！"

张倩倩说："以前，我确实找了个'高富帅'老公，可人家看不上我这个外地的高中生，所以很快就跟我离婚了。"

赵小丽说："那你怎么不早告诉我，你离婚了呢？特别是你竟然还找了个普通的菜贩子当老公！"张倩倩脸红了，说："我不是不好意思跟你说嘛！"

赵小丽说："你不好意思说，倒把我给害惨了！为了找到跟

第三辑　表现

107

你一样的'高富帅'，那么多条件不错的被我错过了，以至于我
过了 40 岁，还是单身，唔唔唔……"

张倩倩愣在那里，再也说不出话来了！

◀ 都是老鼠惹的祸

汪小民自从下岗后，心情便没有好过。汪小民每天戴着一副深度近视眼镜，四处找工作，好的干不了，坏的看不上，挣不到钱，不但妻子没了好脸色，就连家里的老鼠都欺负他。

由于江小民以前曾经在报纸副刊上发表过几篇豆腐块文章，便想在家里写点稿子赚稿费。可是就是这么个简单的愿望都很难实现，这不，刚刚用家里那点老底买回的电脑，还没用几天就被老鼠将键盘和鼠标的连线给咬断了。本来就心存怨气的妻子就更加瞧不起汪小民了：还写稿子呢，电脑都守不住。汪小民本来想说，这能怨我吗？老城区的房子哪一家不进老鼠？难道要我晚上不睡觉专门守着那台电脑？

气归气，但老婆还是不能得罪，毕竟还要靠她上班挣的那点工资过日子。于是，汪小民便到楼下小店里买了几张粘鼠胶，心想，这回看那些老鼠还敢不敢往家里乱窜。没想到老鼠没粘上，倒将上夜班回家的妻子给粘了好几次，弄得妻子的鞋上满是老鼠胶，为此妻子气得甩掉了好几双鞋子。没办法，妻子的鞋没了还得汪小民去买，谁叫他整天无所事事，待在家里呢。

第二天，汪小民口袋里揣着妻子给的100块钱上街准备给妻子买双鞋，路过一家水果店时，突然看见一只老鼠正在往水果店里爬，因为正在上一个台阶，好半天爬不上去。深受鼠害的汪小民一见老鼠就来气，当即大喊一声"可恶的老鼠，看你往哪里逃"，便追过去一脚踩了下去，只听咔嚓一声，原来不是老鼠，而是一只能遥控的电动玩具小汽车。一个三四岁的小男孩从水果店里跑出来，手里还拿着一个遥控器。见自己的玩具车被人踩坏了，马上边哭边倒在地上打起了滚。这时，一个正在挑选水果的女人出来了，显然是小男孩的妈妈。

汪小民这下不好意思了，好在小男孩的妈妈并没责怪他，而是不停地哄着小男孩："乖乖，别哭，等一下妈妈再买一个给你好不好？"一句话提醒了汪小民，于是他便问小男孩的妈妈："这位大姐，真的不好意思，瞧我这眼睛，我还以为是只老鼠呢，不知孩子的玩具车是在哪里买的，花了多少钱？"小男孩的妈妈说："是他舅舅买的，听说花了九十块钱。"汪小民下意识地捏了捏口袋里的那张100元钞票，本想将那张钞票给小男孩的妈妈算了，但又害怕小男孩的妈妈不找回他10元钱，觉得太不划算，于是便说："我有一个朋友就在不远处开了家玩具店，不如我带你们母子去看看吧。"小男孩一听说去玩具店，立即停止了哭闹。于是一行三人来到了汪小民以前的同事开的玩具店里。店主叫余西，跟汪小民一起下的岗，下岗后便开了家玩具店。余西说，既然是汪大哥买玩具，价钱好说，我给你打个八折。原价90元，现在72元就买到了。剩下的钱肯定不够给妻子买双鞋，但不管怎样，汪小民心里还是庆幸着，可赚回了二十多块呢。

　　白白丢了72块钱，汪小民想怎样来应付妻子的盘问呢，如果直接告诉她，说自己将别人的玩具车当老鼠给踩了，显然没有面子，不如说给妻子买了双鞋，结果不小心丢在回家的路上被别人捡去了。正想着，妻子竟然早早地下了班。汪小民惊讶地问："你今天怎么这么早就下班了？"妻子不理他，反而气势汹汹地扯着汪小民的耳朵问："说，你今天跑到哪里去了？"汪小民说："我不是去给你买鞋了嘛。"妻子问："鞋呢？"汪小民说："鞋丢了。"

　　妻子黑着脸说："恐怕不是买鞋而是买玩具去了吧。"汪小民惊讶地问："你是怎么知道的？"妻子的手用力一拧，疼得汪小民龇牙裂嘴："你自己干的好事以为别人不知道！"汪小民苦着脸坦白地说："对不起，我没看清那是一只老鼠，结果将人家一辆玩具小汽车给踩坏了……"妻子说："你骗谁呢，要不是余西的妻子告诉我，我还不知道你竟然在外面养了小情人，还生了一个私生子，说，是不是去给你的私生子买玩具去了！"汪小民只觉得轰的一声头就大了，他长叹一声："这下就是跳到黄河也洗不清了，我怎么就忘了，余西的妻子跟我的妻子在一起上班呢！"

◀ 美女的力量

设计部一连招了好几位设计员，但依然赶不出货。整天加班加点地干，大家都感到很疲惫。上面的压力大，员工们辛苦，干部员工个个苦着脸，整个办公室没一点生气。一天，办公室来了个美女，立即便给这个男儿国增加了一股新鲜的活力，大家的面容不再僵硬，手脚也灵便了，思维也活跃了，成绩也出来了。

美女其实并不懂设计，甚至连电脑也不是很熟练。但她总是很虚心地向各位同事请教。张二是一个已过30岁的老光棍，因为眼光太高，总是挑不到满意的对象，可还硬咬着宁缺毋滥的死理不放。这下猛然见到一个大美人儿向他请教，心里还不乐开了花。特别是美人儿那句，张哥你设计的东西真好，更是让他灵感迸发。

李三是个才20出头的小伙子，也是对异性充满了好奇心的年龄。对于美女的赞赏更是激情大增。几个回合下来，设计部人人精神抖擞，才几天便出了几张单，为公司盈利不少。

总经理是个不苟言笑的人，为人为事刻板古董，而此时却笑得合不拢嘴。他终于相信了老婆的话，做生意可不能太循规蹈矩，该耍手段的时候也要耍点手段，这不，我刚出马，效益便出来了吧？

　　总经理这下还真是服了气。他想想老婆说得也没错，俗话说，男女搭配，干活不累。放眼望去，公司里全是男家伙，做起事来当然死气沉沉的出不了成绩嘛。

　　眼看着生意一天比一天好，业务一天比一天多，总经理也便放手让老婆去管理了。老婆是个护士，总经理也让她辞了职。总经理夫人便将护士的温柔在设计部里尽情地演绎。可是，令总经理意想不到的事情出现了。一天，有员工来报告说设计部打起来了。当总经理赶到时，只见张二和李三正脸红脖子粗地在瞪眼睛。总经理很不高兴地望了一眼夫人，只见她也面红耳赤地站在一边不说话。

　　经了解，这次员工打架的原因是为了美女而争风吃醋。

◀ 练 胆

    阿强带着一年打工的收入，准备回家过年，没想到在回家路上遭遇了小偷。两手空空的阿强，无颜面对妻儿，几次想进家门，最终没走进去。

    阿强想，自己的钱被别人偷了，怎么也得弄点钱回家过年，不然怎么对得起在家苦熬苦盼的妻儿？他决定去偷别人的钱。到哪里去偷？阿强在大街上转了半天，也没找到一个能下手的地方。

    身无分文、走投无路的阿强，偷钱的胆量还是有的，他缺少的是"手艺"，他害怕自己没偷到钱，便被抓了。那样妻儿不但没钱过年，就连见他一面都难，就真的是人财两空了。

    阿强突然想起一个人，那是多年前朋友介绍的一个神偷。因为阿强不想入伙，后来也就没跟神偷联系了。阿强觉得，自己如果想去偷钱，必须跟神偷学点"手艺"才行。

    几经周折，那个神偷还真被阿强找到了。阿强向神偷说明来意，神偷竟然爽快地答应了。但神偷提出了一个条件，凡拜师学艺者，必须先练一练胆。如果过关了，才能算正式拜师，同时也就能学到师傅的"手艺"了。

为了能学到神偷的手艺，阿强一咬牙，答应了。神偷让阿强当晚 12 点，潜入一户人家，将那人枕头底下一个皮包偷出来。见阿强还有点犹豫，神偷说："放心，我已经踩好点了，那户人家今晚只有一个男人在家，并且进家门的钥匙都配好了。"

阿强个子高大，且常年做建筑工，身健力壮，一个普通男人自然对付得了。当晚 12 点，阿强准时用钥匙开了那户人家的房门。屋里一片漆黑，阿强知道，那个男人已睡下。于是，趁黑摸到男人睡房，男人浓重的呼吸声，传入阿强的耳朵。

毕竟是第一次做贼，阿强心里紧张，但一想到只有拿了男人枕头下的皮包，才能学到神偷手艺，只有学到神偷的手艺，才能偷到与妻儿过年的费用，又壮起了胆子。

阿强试探着向男人床边靠去，见男人依然在酣睡，便伸手往他枕头底下探。那里果然有个皮包。阿强心里怦怦打起鼓，当他刚将那皮包从枕头底下抽出，那男人突然翻身从床上坐起。

阿强吓得赶紧往外跑，但房门不知何时已被反锁。更可怕的是，那个男人一不开灯，二不喊人，并且不慌不忙地穿好衣裤，向他走来。阿强竟然表现出意外的镇静，真不愧是搞建筑的，不慌不忙爬到阳台上，并顺利找到防火逃生窗口，窗口那把锁早已锈迹斑斑，阿强用力一扭，锁便开了，阿强顺下水管，一溜烟从 3 楼下到地上。

阿强跑出好远，才敢回头，见没异样，才放心察看手里的皮包，从包的厚度、手感分析，里面应该装的是钱，而且最少有 2 万元。包不大，却上了小锁。阿强正想将锁弄开，一想到这是神偷试探自己，便打消念头。

当阿强将包交给神偷时，神偷脸上露出了赞许的笑容。正当阿强提出要学手艺时，神偷说："这只是第一关，一共有三关，如果三关全过，才能正式学艺。"阿强心想，没想到当个小偷还这么麻烦，既然已过第一关，也只得咬牙闯关。

神偷让阿强在晚上 12 点，又潜入另一家，将那人枕头底下一个皮包偷出。并告诉阿强，这次同样已踩好点，家里只一女人，且同样配好了钥匙。阿强想，一个男人都能对付，还对付不了一个女人？于是，爽快答应。

晚上 12 点，阿强准时用神偷给的钥匙，打开了指定房门。阿强在屋里转了一圈，发现果然只有一个女人睡在家里。因之前有经验，阿强上次紧张。当阿强刚将女人枕头底下的皮包拿到手，女人竟一把拉住了他的手，让阿强还是紧张起来。

阿强想甩手而去，女人说话了："死鬼，怎么才回家？都这么晚了，赶紧脱衣上床睡觉吧。"女人将自己当成她迟归的男人，阿强借朦胧夜色，看得出女人的美丽。说实话，对于在外辛苦一年阿强，不想女人那是假的，就在他胡思乱想之际，那在家辛苦操劳的妻子身影，又浮现在眼前。阿强一咬牙，拿包甩开女人，夺门而出。

第三关，依然是去一户人家的枕头底下拿包。当阿强得知家里只一小孩时，高兴坏了，一个男人，一个女人都轻易对付了，难道还对付不了一个小孩子？可是，当他刚从枕头底下拿出包时，孩子突然醒了。那是个男孩，十来岁，男孩显然明白他是什么人，也知道他要干什么。男孩哭着说："叔叔，那是给我妈妈住院的钱，我妈妈现在正躺在医院里呢，我爸爸在医院里照顾她，明天就要交医药费，我求求你，不要拿走那个包……"

面对孩子的哭诉，阿强突然想起自己的妻子、孩子，阿强的眼里涌出泪水。阿强将那个包又塞回男孩的枕头下，转身离去。

当神偷向他要包时，阿强才想起没通过第三关。阿强正想求神偷教一点手艺吧，可神偷却高兴地告诉他，已经通过了。阿强说："那就请师傅赶紧教我手艺吧。"神偷说："祝贺你已通过了市公安局反扒、反偷小组考试，即日起，你将正式成为咱们小组一员。"

阿强懵了。原来，神偷自被公安抓去坐了两年牢后，便痛下决心金盆洗手，为立功，还当起义务反扒、反偷宣传员。将曾经干过偷盗的经验，用在反扒、反偷上，很快取得不小的成绩，最终被市公安局委任为"反扒、反偷便衣小组组长"。

原来，那三关，前两关一定要胜，后一关则要败。第一关胜了那个男人，那叫有勇有谋，第二关胜了那个女人，那叫不贪女色，第三关败了，叫心存爱心。一个心存爱心的人，是完全可以培养成为人民服务的人的。

阿强终于明白，但还是疑惑，不解地问："如果我是一个穷凶极恶的罪犯呢？您就不怕我在闯关过程中犯罪？"师傅说："我相信你犯不了，不知你有没有注意到，在每一个藏包的房间，都有一个大衣柜？"阿强点点头，说："是的。"师傅说："那个大衣柜里藏的，都是咱们反扒、反偷小组的人，随时观察着你的动静呢。"

阿强点点头，又问："如果我第三关胜了呢？"师傅说："那你现在就不会站在我面前了。"阿强问："那我在哪里啊？"师傅说："你会直接进学习班，接受党和人民的教育。"

阿强挠挠发麻的头皮，吓出一身冷汗。

◀ 劝架之王

村里人都说郑老三是劝架之王，只要他一出现，没有劝不好的架，谁也没见郑老三给人劝过架。并不是村里无架可劝，因为东家的鸡丢了一只，西家的瓜少了一个，这样的事情而争吵的人并不少，可郑老三总是听之任之，从不多言，更不出面劝阻。

那郑老三劝架之王的称号，又如何得来？据上年纪者说，郑老三确实在村里劝过架，最具典型的是一对夫妻，当时两人吵到要离婚，硬是让郑老三给劝住。后来，那对夫妻不但和睦如初，似乎比以前的感情更好，由于夫妻俩心心相印，加上治家有方，不久便发家致富，且搬去城里发展了。由于联系不到那对夫妻，且眼见者少，大都是耳听，所以郑老三为他们劝架的过程，没人说得清楚。只是，郑老三这个"劝架之王"的名号，却保留了下来。

很多好奇心强的人，想知道郑老三究竟是如何劝架的，于是只要村里有人为小事争吵，便跑去通知郑老三。郑老三总是淡然一笑，摇头回绝。这便更让人猜测不已。有人说，郑老三肯定是上了年纪，忘记应该怎样劝架了，也有人说，一般小吵小闹，是请不动郑老三的，只有到了非常严重的地步，郑老三才会出动。于是，无形中又给郑老三蒙上一层神秘色彩。

一天，村里的牛二与老婆春花突然吵起来。刚开始，人们以为小两口是在闹着玩，等吵过后又会和好。可吵了两个小时，也不见停下，最后，两人竟然还嚷嚷着要离婚。

就在谁都劝不好时，有人想到了郑老三。还别说，平时不动声色的郑老三，这次竟然不请自到。那个想请郑老三的人，还没动脚，郑老三已经出现在了人群外。只见郑老三一边拨开围观的人群，一边奋力往里挤。当人们认出是郑老三时，哗的一声，便让开了一条道。

郑老三虽然已经站在了牛二和春花的面前，但吵红了眼的小两口，并没有停下来的意思。原来劝架的，看热闹的，见到了郑老三，也都不吭声了，静静地等着看好"戏"。

只见郑老三一个箭步跨过去，横在了牛二和春花之间，并面对着牛二问："你说说，究竟是怎么回事？"牛二没好气地说："你还是问她吧！"

郑老三又转过脸去问春花："那你说说，是怎么回事？"春花含着眼泪，说："他说我跟前男友，有、有事！"郑老三又转过脸问牛二："她说得对吗？"牛二刚刚平息的怒火，又腾地升了起来，说："对，她就是跟前男友有事！我亲眼看见他们约会，这还有假！"

郑老三又问春花："你跟前男友真的有事？约会时还被你老公牛二看见了？"春花说："哪有这事啊，那是一次意外相遇，他不过是跟我打了个招呼，虽然分手了，总不能像仇人一样对待吧！"

这时，还没等郑老三开口，牛二便忍不住还击："怎么就那么巧？还意外相遇，鬼才信你们之间没事呢！"郑老三这次没再问牛二，而是接着问春花："你真的跟前男友没事？"春花坚定地说："真的没事！"郑老三又问："为什么会没事呢？"春花说："我们都分手了，能有什么事啊？"

郑老三再问："谁说分手了就不能有事了？没事，你就不会整点事出来吗？"郑老三的这句话，不但让牛二和春花听得一头雾水，就连众人也莫名其妙。

郑老三见都不吭声了，又缓缓地重复了一次，说："我的意思是说，你就应该整点事出来嘛！"春花一听这话火了，说："我凭什么要整点事出来呀？"

郑老三也火了，说："你为什么就不能整点事出来呢？"春花更火了，说："我整不整事，关你什么事啊？我就是不想整事，不行吗？"郑老三好像比春花更火，说："我就是希望你整点事出来，不行吗？"

见郑老三跟自己老婆吵起来，牛二终于听不下去，也将矛头对准郑老三，说："你这人怎么说话的呢？人家没事，你偏要人家整点事出来，安的什么心？"郑老三听到牛二说出这番话，才转怒为喜，并对着众人说："这可是牛二自己说的，人家春花根本没事。既然没什么，那还吵什么架，离什么婚嘛！"

一句话，说得众人哄堂大笑，并大声鼓掌。牛二和春花也羞得满脸通红，从此不再吵架，更不提离婚了。

◀ **策划跳楼**

　　时令已进入冬季，可红红火锅店的生意，还是没红火，老板张天天急得嘴上起泡。冬天正是进补季节，也是火锅店的旺季。往年，只要进入冬季，生意一天比一天红火。可年不行了，原因是火锅店太多，竞争太激烈。张天天知道，生意就像逆水行舟，不进则退。如果不想点办法，出点奇招，按目前的样子，火锅店迟早关门大吉。

　　张天天赶紧找来市报实习记者，也是他的表弟赵小虎商议。赵小虎是张天天的"智囊"，当初开火锅店，就是他出的主意。张天天说："要不，你给我在你们报纸上打个广告吧。"赵小虎说："现在谁还花钱打广告呀，做生意就是要学会策划，你如果策划了一个新闻点，那报纸还不主动找上门给你报道？"张天天眼睛一亮，智囊就是智囊，一个主意就省了几万块广告费。赶紧问："有什么高招，说来听听。"

　　赵小虎说："不如，你去找个人跳楼吧。"张天天吓了一跳：

"什么，跳楼？这是出的什么主意，我可是做生意，不是玩人命！"赵小虎说："你别急，我说的是找个人假跳楼，这样，就会有很多人围观，动静一大，报纸怎么可能会放过报道的机会？到时，写一篇报道，那红红火锅店还不跟着出了名？"

张天天还是觉得不妥，问："这样行吗？"赵小虎说："有什么不行的，又不是真跳楼，只不过做个样子，关键要有轰动效应，有新闻点。"张天天说："我们又到哪里去找这么个愿意玩假跳楼的人呢？"赵小虎说："那还不简单，就在你们火锅店随便找个厨师就行。"见张天天还在犹豫，赵小虎说："重赏之下必有勇夫，你出点钱，保证那些厨师一个个争着抢着要跳楼，只是一定要说清楚，千万别真跳！"

果然，一听说有人要跳楼，红红火锅店就被前来看热闹的人，围了个里三层外三层。奇怪的是，看热闹的多，进店吃饭的人没有。红红火锅店的生意不但没火，反而更淡。

第二天，市报上一条醒目的标题进入了张天天视线：无良老板欠薪，打工小伙跳楼。张天天只觉眼前一黑，差点晕过去。不是说好，只是玩一个跳楼秀吗，怎么就成无良老板了？

张天天赶紧打电话给赵小虎。赵小虎激动地说："表哥，你不知道，就是这篇报道，不但让我们报纸发行量大升，还让我从实习记者变成了正式记者，这可是你的功劳啊！"张天天没好气说："你倒是好了，我可就惨了，自从那篇报道后，我的生意越来越清淡，就是我走在大街上，也会被人骂成无良老板。没想到原来你不是为我策划，而是来策划我的！"

赵小虎说："表哥，别生气嘛，我再给你出个点子，保证能让你的生意红火起来。"张天天说："但愿这次别再策划我！"赵小虎说："是这样的……"赵小虎一番话，说得张天天脸上终于露出了笑容。

新出版的报纸对跳楼事件有了后续报道。报道称：那个打工小伙是一个工地工人，因包工头卷款逃了，他一年的辛苦打了水漂，于是来到红红火锅店喝闷酒。小伙子一时激动就想到了跳楼，结果被红红火锅店老板所救。老板张天天不但没收小伙子酒饭钱，还白送一年工资……那篇报道旁边还配了一幅图片，就是那位跳楼者，只见他手里正拿着一块牌子，上面写着：感谢老板张天天！

张天天不由自主地笑出了声。张天天想，这下红红火锅店生意肯定会火起来。还没等张天天醒过神来，人们便一批批涌向红红火锅店。大厅坐满了，所有包厢也坐满了，张天天不得不在走堂临时增加桌椅。

所有厨师、服务员，加上老板张天天，经过好一顿忙乎，总算是让客人吃饱喝足了。可是，在买单时却遇到了问题。因为客人们没去前台买单，而是一个个直往楼上跑，店里的伙计拦都拦不住。他们一边跑，嘴里还都嚷嚷着："别拦着我，我要跳楼！"

这时，赵小虎打来电话，高兴地问："表哥，怎么样？我策划得还满意吧，红红火锅店此时生意一定火起来了吧？"张天天还从没见过这种阵势，手拿听筒一句话也讲不出来。突然，张天天只感胸口一堵，眼前一黑，便晕了过去。

◀ 栽　赃

　　自由撰稿人老沈，这几天有点烦，原因是他的那台电脑时好时坏，最近又上不了网，电信局的人说："现在还有谁用你这样的组装电脑啊，尽是毛病，当然上不了网，我建议你换台'笔记本'。"老沈说："你真是狮子大开口，你以为'笔记本'不要钱啊，一台少说也得三四千块，那得写多少篇稿子啊？"这不，勉强用下去的结果，就是要经常跑网吧，不是打游戏，而是给杂志社编辑传送稿子。

　　老沈只得用 U 盘将稿子拷贝后，再去网吧用电子邮件传送给编辑。就在他刚刚将稿子传送出去，便感到一阵犯困，写稿子的人长期过着黑白颠倒的日子，白天犯困对于老沈来说是件再正常不过的事了，于是老沈便趴在桌上打了个盹。等老沈醒来时，这才发现自己放在桌面上的 U 盘不见了。令老沈不解的是，自己将 U 盘跟手机放在一起，可小偷偏偏要拿那个不值钱的 U 盘而不拿手机。望着依然躺在桌面上的手机，老沈一拍脑门，在心里骂道：

"现在的小偷真是聪明呀，这样他便可以逃脱警察的法眼了。"老沈为什么要这样想呢，是因为老沈前不久便有过一次丢 U 盘的经历。

那次也是老沈的电脑突然出了故障上不了网，由于编辑催得紧，老沈只得用 U 盘将稿子拷贝后再来网吧传送出去。由于老沈写了一夜的稿子，脑子昏昏沉沉，走时忘了将 U 盘从电脑上拔下来，等回过神来回去找时，U 盘早就不见了影子。肯定是被人偷了，老沈对网吧里的服务员说："麻烦你们给我报个警。"服务员真的给报了警，但警察同志说，一个 U 盘，几十块钱的事，立不了案啊。就这样，老沈白白地丢了一个 U 盘。

几十块钱确实算不了什么，但总不能又将一个新买的 U 盘白白送给别人吧，老沈心里憋了一口气："今天，我偏要将这个该死的小偷给揪出来！"老沈瞅了瞅周围，除了服务员和自己外，网吧里总共才五个人，都在那里起劲地玩游戏。老沈记得，刚才坐在自己左边的那个圆脸好像跟自己借过火，莫非是他？

老沈边装作若无其事地继续上网，边偷偷地观察圆脸，越看越像是他拿了自己的 U 盘。于是老沈慢慢地走到圆脸的身边，拍了拍他的肩，说："老兄，借支烟怎么样？"圆脸向老沈借了个火，老沈向圆脸借支烟，一点都不过分。圆脸还真的给了老沈一支烟。老沈在接烟的同时，也将自己的手机放进了圆脸敞着的罩衣口袋里。一切都是那么顺其自然，所有细节都做得滴水不漏。

老沈这才将服务员叫过来，说自己的 U 盘又不见了。服务员说："哦，我认识你，上次你便掉过一次 U 盘，你知道的，这是公共场所，得你自己小心管好自己的财物，再说一个价值几十块钱的 U 盘，根本就立不了案，我们也无可奈何。"

老沈说："这次不止一个 U 盘，同时还有一款价值 2000 元的手机。"服务员这才匆匆地报了警。很快便有两名警察赶到了现场。那五个人自然都成了嫌疑人。

警察让那五个人都将自己身上的东西掏出来看看。老沈得意地望着圆脸。当圆脸从自己的口袋里掏出一部手机时，顿时憋红了脸："怎么回事，这是怎么回事，你的手机怎么会在我这里的？"老沈一把夺过自己的手机，望着圆脸有点得意地说："只有你自己最清楚这是怎么回事，你再掏掏看，我保证你还会掏出一个 U 盘来！"

圆脸左掏右掏，居然还真的掏出来不少东西，但都是烟盒呀，身份证呀之类的东西，却没有 U 盘。最后，那个 U 盘竟然从一个瘦脸的口袋里掉了出来。瘦脸见躲不过了，终于承认那个 U 盘是自己趁老沈打盹时偷走的。

老沈这下傻了眼，圆脸根本就没偷过东西，自己这不是冤枉好人了吗？警察可不管圆脸如何解释，坚决要将他跟那个瘦脸一起带走。

老沈的内心斗争得十分激烈，如果他不吭声，圆脸便会蒙冤。如果说出来，在大庭广众之下，特别是当着两名警察的面，叫他这脸往哪儿搁呀？他这不是冤枉好人吗？

终于，老沈抢前一步，拦住了圆脸，并跟警察说了实话。老沈一个劲地向圆脸道歉，向警察道歉。说自己只因为被偷的财物太少，立不了案，又不甘心这样白白地丢了一个 U 盘，所以才想出这么个将手机一起送给"小偷"的办法的。

警察虎着脸对老沈说："对不起，你的行为已经构成了栽赃陷害罪，你现在就跟我们走一趟吧！"老沈一听，双腿一软，瘫坐在了地上。

◀ 表　现

　　小王和小张同是公司业务科的业务员。

　　小王工作认真踏实，经常加班加点不计得失。小张在科长面前就做出一副勤勤恳恳的样子，可背过领导便千方百计地捞外水。

　　有次，小王和小张同时被科长叫去办公室。科长给了他们每人1000元，让他们分别去一趟东莞。小王从东莞出差回来后，便去科长处报销车旅及食宿费。科长接过小王的发票，惊讶地说："小张去一趟东莞只用了500元，你却花了800元。"小王急忙解释："我已经够节约的了，公司规定每餐不得超过一菜一汤，而我只在小店里吃了一个5元的盒饭。住宿也……""好了，好了。"科长不耐烦地打断了小王的话："你先回去工作吧！"

　　走出科长的办公室，小王的心里老犯嘀咕，去东莞出差只要500元？而我光办事就花去了600多，还有车费，食宿……我真的没多花一分钱啊。他又想，小张以前单独出差所花费用总是超出公司预算，怎么这次才用了一半呢？

这个季度，小张的工资加到了 3000 元，而小王依然是原来的 1800 元。

小王没吭声，依然勤勤恳恳、踏踏实实地做着自己分内的事。只是一闲下来，还是免不了要琢磨这个事儿。有一天，他终于开口问了小张。小张说："你真是个傻帽，明明要加工资了，你也不表现表现。"小王不解地问："怎么表现？"小张就说："那次去东莞出差，我倒从自己口袋里掏出了 500 元……"

公司在武汉有笔 20 万的现金交易。科长毫不犹豫地让小张去了，结果小张卷了那 20 万现金连影儿也没有了。

事发后，科长也被撤了职。

路遥知马力，日久见人心。小王终因工作出色，被公司提拔为业务科长。当了科长的小王想，我在考验自己属下时，可不能光看一时的表现。

◀ 紧跟时代步伐

小张祖祖辈辈都是种田的，小张觉得一辈子窝在农村里种田，实在是太没出息了。他觉得只有紧跟时代步伐，干点现在比较火的事情才能显出他的能力和价值，于是他决定带着新婚的妻子去外面闯世界。小张的父母见儿子有这么远大的志向，觉得是件好事，于是很高兴地将儿子和儿媳送出了村口。

来到城里后，小张就四处打听，如今什么项目最火。小张打听到，现在的房地产可热了，一个平方就卖到了几千甚至是几万元。可小张兜里那几百块结婚时收的礼金钱，不管是买房还是买地，都差得太远了。于是小张决定给建筑队打工，也算是参与了房地产的开发工作吧。

可令小张想不到的是，整天日晒雨淋累死累活不说，不但要等到半年后才拿到工资，而且少得让人吃惊。尽管小张两口子已

绘在心灵上的花朵

132

经很节约了，但半个月总得吃一回肉吧，就这么小的愿望也满足不了。小张觉得现在的猪肉实在太贵了，他跟妻子一商量，与其给别人打工，还不如自己去养猪。

妻子听了连连夸小张脑子活，善于捕捉最新市场信息。于是小张将在建筑队打工攒的一点钱拿出来，在郊区租了个养猪棚。可是等小张去市场上购买猪饲料时才大吃了一惊，原来猪饲料竟然涨了一倍多。

卖猪饲料的老板说："没办法啊，现在的粮食涨得太快了，而猪饲料里的成分大部分是粮食，难道你没听联合国秘书长说吗？现在好多国家都闹饥荒没饭吃呢，人都没得吃，哪还有猪吃的呀，不涨价才怪呢！"

小张说："您说这话可是真的？联合国秘书长真的这么说了？"卖猪饲料的老板说："那还有假，不信你晚上看看电视里的新闻不就知道了？"

小张赶紧回去跟妻子商量了一番后才给父亲打电话，小张说："爸爸，我终于找到一个好项目了。"小张的父亲很高兴地问："你在外面当上老板啦？"小张兴奋地说："您知道吗，现在全球的粮食都在涨价，我决定立即回家种田去！"小张的父亲说："儿子，你没发烧吧，怎么尽说胡话呢，在外面当老板赚大钱不好，回家种田有什么出息嘛。"小张说："这是我刚刚在外考察得来的消息，现在没有什么比种田更好的项目了，您不知道，粮食要涨价的秘密，可是联合国秘书长泄露出来的，不会有假！"小张怕父亲不同意，于是接着说："爸爸，您的老观念已经过时了，我们应该紧跟时代步伐……"

　　小张的父亲打断小张的话说："回家种田就是紧跟时代步伐，那我们祖祖辈辈不是一直都是这么跟过来的吗？"

◀ 一只叫鸡

公鸡又称"叫鸡",刚长大的公鸡第一次打鸣,叫"开叫"。也称"开叫鸡"。据说开叫鸡营养价值非常高,尤其对夜尿的小男孩有利。

一天凌晨,我突然被一阵鸡叫声吵醒,便再也睡不着了。鸡叫声来自我家的鸡棚,肯定是那只小公鸡开叫了。让我睡不着的不是鸡叫声,而是那叫声里的内容:"不好了——喔……"

我在床上翻来覆去,张大耳朵听,还是"不好了喔"。过得好好的日子,怎么就"不好了"呢?

由于没睡好,一整天我都神情恍惚,干什么都无精打采。偏偏那只鸡时不时地又来上一句"不好了——喔……",令我郁闷不已。我气得捡起石块去砸那只鸡,那只鸡刚开叫,正在兴头上,尽管吓得一边跑着躲闪石块,还是一边扯着嗓子叫。

我跟妻子商量,小儿子老是尿床,要不将那只开叫鸡宰了吧。因为只有一只公鸡,妻子有些犹豫。我说,为了儿子,只能这样了。妻子有点不舍，但还是答应了。我怕妻子反悔，马上抓了鸡，磨了刀。

住在隔壁的老陈，见我要宰那只开叫鸡，赶过来阻拦，好久没听到过鸡叫了，这只鸡刚开叫，怎么就要宰了呢？我说，儿子老是尿床，听说吃开叫鸡挺好。老陈说，那还不简单，市场上的开叫鸡多了，去买一只不就行了，何必宰这只呢？我有点不好意思，但还是坚持着说，还是宰了吧，这只鸡，叫得挺难听的。

老陈说，不难听啊，我就喜欢听它的叫声。那只鸡好像听懂了似的，在我的手上又扯着嗓子叫了起来。老陈接着说，多好听啊，太好了——喔……老陈还学着公鸡的样子，叫了一遍："太好了——喔……"

我仔细回味了下，还真是。我说，原来它叫的是"太好了"，而不是"不好了"。于是，我将鸡给放了。妻子听说我要去市场上买只开叫鸡，不宰这只了，很高兴。尽管每天早上我还是被鸡吵醒，但很快又睡着了。我的耳边不停地响着"太好了，太好了喔"竟然睡得很香。

一天早上，我还没起床，便被老陈的敲门声吵醒了。老陈有些不好意思，说起话来吞吞吐吐的。我说，老陈，咱们是邻居，有什么话，你就直说吧。

老陈说，你儿子还尿床不？我说，前些天在市场上买只开叫鸡煮给他吃了，现在好了许多。老陈说，要不再巩固下？我说，也行，那我再去买一只吧。老陈说，要不还是将你家那只鸡给宰了吧。

我有些奇怪，说，你不是不让我宰那只鸡的吗？老陈摇了摇头，叹息着说，自从那天你说它叫的是"不好了"，我再听到它叫时，还真听出来确实是"不好了"，每当它叫"不好了——喔……"时，我就心情烦躁，寝食难安，不瞒你说，这些天，我都快崩溃了。

◀ 演　习
·····················

　　一天，小刘的妻子小丽说，我怀孕了。小刘兴奋地说，那我不是要做爸爸了？小丽羞涩地说，医生说我怀孕一个多月了。说完将一张化验单递给小刘。小刘看着看着便走神了。

　　小丽推了小刘一把说，怎么啦？小刘说，我在想，以后你在哪家医院生产好些。小丽说，当然是区医院了，近。小刘说，市医院虽然远点，但条件好呀！小丽一时也拿不定主意。

　　两人都是初为人父人母，没有经验，父母又远在千里之外，这可难坏了小两口。一天半夜，他们醒来后便再也睡不着了。小刘说，你也别想太多，身体要紧。小丽说，怎么能不想呢，这么大的事，一旦选错了医院，咱们会后悔一辈子的！

　　小刘突然来了主意，说，明天是星期天，不如我们假装要生产，两家医院都去试一试，做一次生子演习如何？小丽说，是个好办法，一下子便看清了医护人员的素质，只是这事不能拖，不如现在我们就去医院吧！小刘说，深更半夜的，不睡觉了？小丽说，是生孩子重要，还是睡觉重要，要知道，生孩子时，可不管是白天还是晚上，一有动静马上就得行动！

不容小刘再说话，小丽将一个枕头往肚子上一塞，然后哎哟哎哟地喊了起来。小刘见小丽装得还真像，只得搀着她去医院。刚走出小区，一辆的士便停了下来。小刘对小丽说，老婆，我们还是先去区医院吧！小丽点了点头。小刘便催的士司机说，快上区医院，我老婆要生孩子了！

司机一踩油门，车子就像离弦的箭般向区医院驶去。夜深人静，车少人也少，只几分钟，便到了区医院。一进医院，小刘便大声喊了起来，快点，我老婆要生孩子了！

医生和护士立即忙碌起来。其中一人对小刘说，你老婆就交给我们了，你先去交3000元押金吧！小刘没想到还要交押金，于是对收银员说，我身上没带现金。收银员说，刷卡也行。小刘从口袋里摸出一张卡来，犹豫着说，您看……收银员不耐烦了，说，你这人怎么回事嘛？磨磨蹭蹭的，老婆生孩子都不着急！说完抢过小刘手里的卡，吱的一声刷响了，这时，电脑提示，请输入密码。小刘糊里糊涂地将密码输了进去。这才想起，他们可是演习啊，但转而一想，医生也不会糊涂到，连小丽肚子里的孩子多大了也检查不出来吧，到时，再来退钱就行了。

果然，小刘一进病房，就迎来了医生的一顿骂，你们真是胡闹，有怀孕一个月就生孩子的吗？小刘和小丽一个劲地说对不起，但心里还是挺好受的，因为他们看到了医护人员忙碌的身影。可是，在退钱时，却卡壳了。收银员交给小刘一长串打印单后说，正好

第三辑 表现

139

3000 元!

小刘一惊，说，什么也没干就要收 3000 元？收银员说，你们说好了要在这里生孩子，现在又不生了，那我们这里的床铺费、担架费、医护人员误工费还算不算？

小刘无话可说，只得自认倒霉。在回家的路上，小刘问小丽，咱们还要不要去市医院？小丽扑哧一笑说，要去你去，谁让你出了这么个生子演习的馊主意！

第四辑

最后一课

◀ 偷不走的车

老王和老李是一个单位的，坐在一个办公室，住在同一个单元楼，还共用着一个楼道。二人平时上下班都是骑摩托车，由于是老式楼，没有车库，摩托车就都放在楼道里。

一天早晨上班时，二人发现楼道被小偷光顾了。两辆摩托车被盗走了一辆，老李的不见了，老王的好好地停在那里。于是，那天，老李只得挤公交车上班。

晚上，老王的妻子高兴地说："幸好小偷有眼，没有盗走咱们家的摩托车，不然，你也得挤公交车了！"老王却哭丧着脸说："什么呀，我还巴不得小偷将我的摩托车也一起偷走呢！"老王的妻子说："你没病吧，怎么净说胡话，哪有巴不得小偷将自家东西偷走的？"老王说："你呀，真是头发长见识短！也不想想，那楼道里就我们两辆摩托车，为什么小偷偏偏偷了老李的，而不偷我的呢，难道小偷是我们家亲戚？"

老王的妻子一想，也是，于是担心地问："老李会不会怀疑

绘在心灵上的花朵

偷车的事与咱们有关呢？"老王一拍自己的额头，说："我不正是担心他会这样怀疑，才发愁的嘛！"经老王这么一说，老王的妻子也跟着犯起了愁。

这时，老王的妻子试探地说："不如，你以后就不要锁摩托车了，这样小偷偷起来也方便些，如果大家的车都被偷了，也省得别人怀疑咱们！"老王一想，虽说这不算个好主意，但现在也只得这样了。于是，他下班后，将摩托车往楼道里一放，不但不上锁，就连钥匙也不拔，反正老王已打定主意不要那辆车了。

可是，令老王郁闷的是，一连几个星期过去了，那可恶的小偷就是不偷他的摩托车！每天，老王看到老李挤公交车上下班，心里便不是个滋味，好像老李的摩托车真的是他偷的一样。

一个休息日，老王难得睡一个早床。半上午时，老王才起来准备外出。下楼一看，自己的车不见了，赶紧跑回屋问妻子。老王的妻子说她一上午就没下过楼。莫非真的被人偷了？老王那个高兴劲，比中了一百万元彩票还兴奋。于是，老王赶紧回去敲老李家的门，老王想将这个好消息第一个告诉老李，可是敲了半天却没人应。

老王只得打老李的手机。老王抑制着内心的兴奋说："老李，告诉你一个事，你的摩托车不是被那该死的小偷偷走了吗，今天我下楼时，发现我的摩托车也被偷了！那该死的小偷……"

老李说："老王，对不起，你的车子没被小偷偷走，是我骑了。我见你的车没上锁，而且钥匙也没拔，因为事情比较急，又只要半个小时的时间，就没跟你打招呼。我妻子今天回娘家，没想到睡过头了，差点赶不上火车，所以我就用你的车子将她送去了火车站……"这时，老李已经将摩托车骑了回来。

老李跳下车，对呆呆地站在那里的老王说："以后记得一定要将车上锁，还有钥匙也要拔下来，不然，别人就会顺手牵羊，遇到像我这样懂得体谅别人的人还好，肯定会准时将车子送回来。像我小舅子那样的人，就太不地道了，将我的车子骑走了，好几个星期也不还，害得我天天挤公交车上下班！"

老王这才醒过神来："原来你的车子不是被小偷偷走的？"

◀ 最后一课

　　唐一晓师从汪师傅汪金明三年，终于学得一门精湛的制作皮鞋的技术，这不，开张三个月来，生意竟然比师傅江金明的老字号店差不了多少。大有青出于蓝而胜于蓝之势。

　　这天，当唐一晓正在自己的店里忙活的时候，突然来了一位神秘的客人。那人自称姓郝，说是特地来唐一晓的店里定制皮鞋的，那人交代，只要唐一晓做的皮鞋确实好，价钱好商量。待唐一晓为郝先生量完脚的尺寸后，他便放下200元定金走了。唐一晓赶紧追上去说，本店一双皮鞋最贵才卖200元钱，定金嘛有100元便行了。可那人坚持放下了200元钱定金。

　　看来这个郝先生还真是有钱人啊，唐一晓不敢怠慢，连夜仔细地给他做起了皮鞋。两天后，一双漂亮的皮鞋便摆在了郝先生的面前。郝先生穿着试了试，挺合适，唐一晓得意地问："怎么样？我做的鞋子不错吧？"可郝先生却连连摇头，说他想要的皮鞋不是这样的。唐一晓问他要什么样的。他说鞋跟矮了一点，鞋帮却高了一点，如果再改一下，就好了。说完又放下 200 元钱，说是改鞋子的费用。唐一晓觉得有点奇怪，明明一双合脚的鞋，为什么要改一下呢。他看了看郝先生的身材，矮矮胖胖的一个人，这才明白了，难怪他嫌鞋跟矮，原来是想自己穿上鞋后，显得高一些。于是唐一晓又连夜给那双鞋换了高跟，并将鞋帮也改矮了一些，这样别人便看不出这是一双特别加工过的高跟鞋了。

第二天，郝先生穿上鞋子，左看右看，还是直摇头。唐一晓便再问他又对哪里不满意。郝先生说，鞋跟还是不够高，鞋跟也还要再矮些。走时又放下 200 元钱改鞋费，说明天再来。唐一晓自从跟师傅学艺以来，还没有碰到过这样的客人，不过，师傅一再交代过，不管客人多难伺候，也得尽量满足客人的要求，咱们是吃这碗饭的，顾客就是上帝，就是咱的衣食父母，千万不能得罪。好在这个郝先生有钱，虽然很是挑剔但也没少给工钱，一双鞋子还没拿走，600 元便到手了，唐一晓只得耐着性子又改起了鞋子。

又过了一天，郝先生准时来了。这次，看到鞋子后，他的脸上终于有了笑容，在反复试穿后，郝先生觉得这鞋子的跟还可以再高一些，而鞋帮还可以再矮点。说完又丢下了 200 元改鞋费。当唐一晓再一次将鞋子按照郝先生的意思改好后，自己都觉得不好意思，不是拿多了钱不好意思，而是那双鞋子实在不能算一双鞋了。本来郝先生的脚就宽而短，现在将鞋跟一加高，将鞋帮一放矮，别说鞋子的样式难看，就是穿在郝先生的脚上恐怕也走不了路，因为就像踩了一对高跷，就郝先生那个身材，穿上它后不摔跤才怪呢！

可郝先生这次一来就拿上鞋，让唐一晓给开了张发票便走了，甚至连试都不试，一路走还一路乐得身子直打颤，像捡了个宝贝似的。一双鞋，虽然经过几番折腾，但却赚了800元，还是很划算，唐一晓在心里说，管它呢，有钱赚就行！

唐一晓做梦也没有想到，那双鞋会给自己带来一个大麻烦。那是唐一晓做完那双鞋几天后的一天，他发现自己鞋店的对门突然变得热闹非凡，于是便挤过去看个究竟，这一看唐一晓便傻眼了。原来那位郝先生将唐一晓做的那双鞋挂在了一个醒目的位置，旁边还写了一行大字：这就是唐记鞋店做的鞋子！围在一边的人们一个个对着那双鞋指指点点，唐一晓羞得满面通红，本来他就觉得这双鞋子没法拿出去见人，可那位郝先生竟然这样在公众场所来展示那双鞋子！这不是成心想拆他的台吗？唐一晓走到郝先生的跟前质问他："你为什么要将这双鞋挂在这里？还在旁边写上这些有损我店声誉的字？"

郝先生显然有备而来，反问道："你给我做的鞋子，我想挂在哪里，还需要跟你商量吗？这双鞋子本来就出自你唐记鞋店，我只是照直写了出来，怎么就损害贵店声誉了？难道这双鞋子不是你做的？我这里可有贵店开的发票，再说这鞋子上还贴着贵店的商标呢？"唐一晓知道再跟郝先生说下去，吃亏的只有自己，谁叫自己当初要上他的当，给他做这么双不伦不类的鞋子呢？于是只得灰溜溜地走了。

经过一番冷静的思考，唐一晓觉得自己无论如何也要将那双鞋子收回来，不然这生意还怎么做啊。于是唐一晓又硬着头皮找

第四辑 最后一课

147

到了郝先生，说自己想将那双鞋子收回来，并愿意将那 800 元还给郝先生。郝先生哈哈大笑说："要想收回鞋子也不是不行，但还回那 800 元恐怕不行。"唐一晓知道自己碰上了难缠的主，只得低声下气地问："那您说要多少钱？"郝先生说："一口价，10 万元。"唐一晓差点跳了起来："你想打劫呀？"郝先生说："不想买就算了，我不勉强你，做生意嘛，需要一个愿打一个愿挨才行。"

最终，唐一晓还是以 10 万元的天价，购回了自己给郝先生做的那双皮鞋。可是，他的流动资金便一分也没有了，原来开店时的资本都是贷的款，虽然生意不错，可毕竟时间不长，还没等赚回成本，却又遇上了这么个难缠的主，唐一晓只得自认倒霉。最后，唐一晓觉得只有一个办法才能渡过难关，那就是将店面缩小一半，尽量压缩开支，这样的结果是，虽然节流了，可生意也越做越小了。

就在这时，唐一晓的师傅汪金明出现了。唐一晓一见师傅，就像遇见了久别的亲人，未开口便眼睛一红哭开了。唐一晓之所以一直没去找师傅，是害怕师傅骂他做了蠢事，现在师傅主动找上门来了，知道再也瞒不住了。果然师傅正是为这事来的，师傅说："你不该给郝先生做那么一双鞋子！"唐一晓说："徒弟知道错了。"师傅说："还好，没有铸成大错，因为那位郝先生是我派来的。"

"什么？"唐一晓不相信自己的耳朵会听到这样的话："那位郝先生是师傅您派来的？您这不是害我吗？"汪金明说："师

傅这不是害你，师傅这是在给你上最后一课呢。"接着又说："你做鞋的手艺已经跟师傅不相上下了，可你毕竟太年轻，人生路上，赚钱不是主要的目的，我们还要懂得如何爱惜自己的声誉，凡是对自己声誉有影响的事情，就是再好赚的钱，我们也不能赚！通过这件事，我相信你也从中受到了教育，师傅现在老了，原来的店面也需要人来打理，现在师傅一并将它交给你。"

说完，汪金明师傅便将一包东西塞进了唐一晓的手里，那里面是整整 10 万元钱。唐一晓泪流满面地接过钱，大声地说了声："谢谢师傅！"

◀ 喜 葬

人到七十古来稀，超过八十，只要不是意外，或自寻短见，自然死亡的，便是喜葬。

喜葬时，孝子不能哭泣。因为不是人人都能活过八十，寿终正寝的。还要吹喜乐，不能放哀乐。要欢欢喜喜地将老人送走。让老人走得安心，不留遗憾。

举行葬礼时，还得有个升棺仪式。寓意"升官"。在堂屋靠墙，重叠放两张大桌子，然后将棺材，缓缓抬上去。司仪念念有词，轿夫齐声回应。这叫发彩。寓意后代昌盛。

儿子、孙子辈，可以戴白孝，曾孙辈要戴红孝。

老人饱经沧桑的一生，连同经历过的所有故事，一起盖棺入土，永远封存于岁月深处。

我爷爷正好八十，好好的人，突然昏迷不醒，在家躺了几天，安然去世。没有痛苦，也没有留下只言片语。那是80年代，我家三间摇摇欲坠的泥瓦房里，挤满了亲戚和看热闹的乡邻。因条件受限，虽然是喜葬，但办得简单，省去了一些仪式。

我的外公是八十二岁走的。那是 2012 年清明过后，外公因胃出血腹痛不止。就医后，医生说年纪大了，各项机能都已老化，不建议留院治疗，回家静养最好。实在熬不了，就吃止痛片，再难忍就让乡村医生，打一剂杜冷丁。杜冷丁是有严格限制的，非医生开的处方不可。几天后，外公去世。虽有小痛苦，好在没受大罪。也属喜葬。外公后人多，戴白孝的儿辈、孙辈，和戴红孝的曾孙辈，满满一屋子。

2004 年，我在广州一家杂志社工作时，母亲陪外公在我的租屋里，小住了几天。母亲说，外公已七十多岁了，谁知还能活几年，趁现在还能动，就尽量走走，能看就尽量看看。

房间窄小得仅能容下两张小床，我跟外公睡大床，母亲则跟我妻子睡小床。

挤是挤了点，但让亲情更近，令血脉更浓了。

白天我们上班，晚上扶着外公围着城中村转上一圈，村里村外是两个世界。让外公见识了底层的烟火，与大都市的繁华。

散步回到狭小的家里，我们挤坐在床上，聊天。聊过去，聊我们年轻人不知道的人情世故。

外公滔滔不绝地讲，我们静静地听。从天南地北，聊到了婚丧嫁娶。最后聊到了喜葬。那些我不知道的风俗，就是从外公口中得来的。我三十多年来，都没听外公说过这么多话。

八年后，外公离世。尽管依然不舍，与外婆相比，遗憾小了不少。外婆于 2002 年去世时，才七十二岁。也是昏迷几天，无

第四辑 最后一课

痛苦地走的。遗憾的是，年岁小了，离八十岁还差了八年。那时，我连一间最小的房子都租不起。挤在几个人合住的宿舍里。也错过了接外婆来广州玩的机会。

外公终于活到了喜葬的年纪，也按他的要求，进行了喜葬。

乡下有两句恶毒的话，一句是短命鬼，一句是不得好死。如果人生能超过八十，还无病无灾无痛地离去，那得用几辈子来修。

村里有个快九十的老妇人，与其儿媳不和，竟然喝农药走了。自己没讨到好，也给儿媳妇冠上了不孝的名声。真是两败俱伤。

喜葬，不过是一种形式，善终，才是人生最好的结局。

◆ 歌　郎

在湘北农村，凡丧事，歌郎是不可缺少的存在。除了年少夭亡，其他的，如自然死亡，寿终正寝，意外或病故，只要成家了，尤其是有了后，都要请歌郎。

一鼓一槌一嗓子。歌郎围着棺木，推磨般慢慢转，歌声唱出了月亮，敲走了黑夜。唱出了守夜人的泪，敲碎了断肠人的心。

上半夜，坐夜的邻里乡亲多，唱的是《薛仁贵征东》《薛丁山征西》《薛刚反唐》。要用传说打动人，用故事留住人。下半夜，只剩守灵的孝子贤孙，唱的是父母亲情，生离死别，要用爱来吸引人，用情来感染人。

通常会停灵三晚，家境好的，儿女多的，也有四晚、五晚的。遇上讲究的主家，对歌郎的要求也高。要吐字清晰，声情并茂的；要口才好，出口成章的。那些名气大、才情高的歌郎，要价也高。既然要讲究，也不在乎价格。钉是钉，卯是卯。一分价钱一分货。

也有江湖救急、互帮互助的，有的歌郎与歌郎之间有情有义，互相捧场，听到风声主动前往助阵。歌郎间会让利出来，彼此互惠。

也有带着恶意，来砸场子的。不请自来，出口挑衅，语言就是枪炮，歌声成了刀剑，你来我往。煎炸蒸煮，烟熏火燎的，给看客们奉上了一盘盘，酸甜苦辣咸，五味俱全的江湖快意大餐。这叫斗歌。

斗歌的目的，既是斗一个手艺高低，也是斗一个江湖地位。看客们最爱看的，便是斗歌。看戏的不怕戏大。

斗歌的消息，最易长出翅膀。不需土壤肥料，不需阳光雨露。只要给点面粉便成粑，给点阳光便灿烂。经瓦缝房梁，经羊肠小道，经抓耳挠腮，添点油加点醋，借助风吹火势，瞬间便传遍了村庄瓦舍、高楼平房，传到了所有人的耳朵。

人群如老鼠般从胡同、小道、屋后、房角，甚至是菜地里，猪圈里，鸡栏中，钻出来，将主家围得里三层外三层，密不透风，连只蚊子也别想往里飞。生怕一不小心跑了大戏，错失了良机。

有时斗过头了，斗出气了，输红了眼，便出粗口。损人、伤尊严；骂娘、咒祖宗。急粗了脖子，还会动手。你来我往，拳起腿落。鼻青脸肿，眼冒金星。

这时，主家会来劝和。都是江湖好汉，同道中人，相煎何太急。每人一个红包，两包烟。烟酒不分家，包治百病。当即偃旗息鼓、谈笑风生、和好如初。

原来一切都是表演。这起翻炒煎炸的烟火，早有预谋，一切都是为了让东家买单。

如今，斗歌的事，已极为稀少。和平年代，和谐社会。讲究的，就是一个和字。和气生财嘛。

只记得，歌郎的鼓声，极为锋利，能刺破厚重的夜幕，直入天际。小时候，哪个村子里老了人，特别是夜深人静时，尖利的鼓声，会穿过山林水域，穿过田坎地沟，穿过草垛墙面，直抵耳膜。就算蒙上了被子，也会被瞬间穿透。

小时候最怕死人。鼓槌响处，歌声起时，定有一个亡魂，在空中飘荡。特别是暗处，令想象如一只精灵，天马行空，总是躲在哪个角落，出其不意地，吓了自己一跳。

每次见到歌郎，也会无来由地竖起寒毛。长大后，见得多了，那颗惧怕的心结茧了，终于坦然了。能直面生死，不再躲避。

生老病死，人间常事，怕与不怕，它就在那里。该来的，迟早会来，不该来时，又何须惧怕。活好现在，坦然接受，乐观面对，才最重要。

歌郎用歌声，衔接了生与死之间的那段空白。道尽了人世间的无奈、不舍，与生命消逝的凄凉。

尤其是最后那一晚，会有几个歌郎对唱，在喧嚣的锣鼓声中，歌郎成了丧礼中的主角。对宾客的感谢，对主家的祝福，对逝者的祈愿，都用歌声一一表达。

歌郎很少说话。歌声就是语言、心声。该开席了，该上香了。该准备洗脸水、该倒茶了，听歌声便知。有懂行的，认真负责的主事，立即吩咐照办。

当夜晚将所有黑暗、悲伤，集中在黎明前的那一刻，结成露、凝成霜，也到了歌郎代表逝者辞别的时间。俗称"辞丧"。

辞别老伴和儿女，辞别内亲和外戚，辞别朋友和邻居。辞屋、辞床、辞锅、辞碗、辞猫狗，辞田、辞地、辞犁、辞刀、辞菜园。辞去阳世的一切，了无牵挂地走。赤条条地来，赤条条地去。再无烦恼牵绊，再无爱恨情仇。

当东方破晓，打开了通往天堂的大门，歌声也戛然而止。歌郎会将鼓槌远远地抛向门外，口中念念有词，令恶鬼回避，令妖魔远遁。让逝者稳步踏上黄泉路，在通往仙境的方向，一路走好。

◀ 亲爱的钥匙

　　老张是个农民，受老婆鼓动，买了一辆电动车。第一次骑电动车进城，老张觉得，自己跟那些城里骑电动车去上班的人是如此接近，心里顿时涌起一股幸福感来。逛了半天后，老张来到了菜市场，老张觉得自己应该买两斤排骨回去犒劳一下老婆，如果不是她的鼓动，他哪会去买什么电动车，更不会拥有今天这种幸福的感觉。

　　菜市场门口一溜儿停了好多自行车和电动车。老张将电动车用链子锁锁好后，去菜场市里逛了一圈，回来时，发现钥匙不见了。莫非是自己刚才从口袋里掏钱买排骨的时候，顺手将钥匙带出来给弄丢了？老张急忙回去找，可是怎么也找不到了。老张急得不知如何是好。

　　这时，他看到前面不远处有个修锁的师傅，便过去想请他帮忙将锁打开。修锁的师傅正忙着呢，头也不抬地说："开锁可以，但收费挺高的，最少得50块钱，你干不干？"老张吓了一跳，说：

"我那把锁买来才花了 15 块，你开个锁就要 50 块，我还不如干脆将那把锁砸了，再买个新的！"

老张又来到自己的电动车旁边，边看边想，一定要拿个什么东西来砸开链子锁才行。可城里不比乡下，到处都能捡到砖头石块。没有砖头石块，用斧头锤子也行啊。这样一想，老张便来到了一个五金店。五金店的老板极力向老张推荐大铁钳，还直冲老张眨眼睛，小声说："60 块怎么样？这个虽然贵点，但最管用，最适合干你们这行的人使用了！"老张知道五金店老板肯定是将他当成偷电动车的小偷了。老张没好气地说："这么贵？那我还不如去请那个开锁的师傅呢！"

当他准备绕过自己的电动车，再次去请那个修锁师傅的时候，意外地发现，有个人正在用大铁钳在剪自己车上的链子锁。老张的脑子里迅速跳出了两个字："小偷！"就在他准备冲过去来个人赃并获的时候。他停住了。原来，老张想等那人将链子锁剪开后，再将他捉住，这样自己不就省了那笔开锁的钱了吗？

可是，令老张着急的是，那是个笨小偷，剪了半天也没有将锁链子剪开，老张在一旁看着都替那人急出了一头的汗！正当老张在心里暗暗地替那人加油的时候，两名警察从天而降，一个抓老张，另一个抓小偷。

抓那个小偷，老张没意见，可他作为车主，不应该被抓啊。任老张怎么解释，警察就是不相信。警察说："你就别狡辩了，要知道我已经注意你们好长时间了，他在偷车的时候，你就在一边替他望风！"

看来，跟警察是说不清楚了。老张急忙将目光转向那个小偷，说："你说，我究竟是不是你的同伙？"可小偷就是不吭声。老张更急了，大声对着小偷说："你赶快跟警察说啊，我究竟是不是你的同伙！"这时，小偷也急了，也同样大声地跟老张嚷了起来，可他叽里呱啦说了半天，一个人也没听懂他在说什么。原来他是个哑巴！

看来，这件事这辈子都说不清楚了！老张长叹一声冤啊，便向地上倒去。这时，他手里提的排骨叭的一声跌散了一地。一串钥匙奇迹般地从里面滚了出来。老张的眼前一亮，高兴得跳了起来："我的钥匙找到了，我的钥匙找到了！"

老张当着警察的面将自己的电动车锁打开后，激动得捧起那串钥匙又亲又吻，嘴里还说："钥匙啊，钥匙，亲爱的钥匙，如果今天我要是真的把你弄丢了，那我也就回不了家了！"

◀ 换　脸
·················

　　他是个骗子。靠诈骗，行走江湖多年。早练就了一张厚脸皮，一块软嘴巴，一副硬心肠。随着全民素质水涨船高，骗子的手段，也在花样翻新。像猫和老鼠，如猎人与狐狸，你追我跑，你赶我藏。

　　接通电话的人，多数知道他是骗子，有的二话不说，挂机。有的闲聊几句，幽默地讥讽一番，挂机。也有的骂骂咧咧，吼一顿，挂机。他不恼。有的是时间和耐心。当打出第 100 个电话后，终于碰到了"正常的"。一个大约十岁的女孩问，你是妈妈吗？他反应很快，这是长期练就的，职业敏感力。他说，我是你妈妈的同事。

　　他将女孩的话，一点点套了出来。像软鞭赶羊，春风送暖，一步步引向温柔的陷阱。女孩的妈妈打工去了。女孩很想妈妈。可妈妈都两年没回家看她，也没打电话。手机是奶奶的，女孩跟奶奶一起生活。爸爸在她两岁时，便出车祸去世了。

　　爸爸去世，妈妈外出务工，跟奶奶相依为命。这是典型的留

绘在心灵上的花朵

守贫困儿童啊。骗子还是第一次遇到这种事。骗子冷硬的心肠，被女孩苦难的身世，软化了。骗子决定亲自去看看女孩。

骗子选择了一个晴好的周末，跋山涉水，几经周折，终于找到了女孩家。破败不堪的房子，与一群杂物，垂头丧气地堆砌在一起。骗子像看到了自己的童年，不由心泛酸楚。女孩见只有一个陌生男人，便问，我的妈妈呢？

骗子撒谎说，妈妈忙工作，让我来看你。还带了 1000 块钱，给你买吃的。女孩不要钱。女孩说，她会喂猪，会养鸡，会种玉米，她只想妈妈。妈妈打工不易，她不要妈妈的钱。

骗子找到女孩的奶奶。奶奶说，女孩的妈妈，两年前就患病走了。她不敢告诉女孩真相。她妈妈还录了视频，让女孩成年再看。

奶奶将视频放给骗子看。一个瘦弱的女人，奄奄一息地躺在病床上，努力挤出一张笑脸，说，女儿，等你看到这个视频时，你已经十八岁了。

骗子看不下去。骗子被泪水蒙住了双眼。骗子转头抹泪，半晌才告诉奶奶，他可以帮女孩找到妈妈。骗子用女孩妈妈的相片和声音，借 Ai 技术，虚拟了一个妈妈。这个技术叫变脸。奶奶很惊奇，也很欣慰。

从此，每个周末，骗子都会以女孩妈妈的身份，跟女孩视频。女孩有很多话，要对妈妈说，女孩告诉妈妈，她考了全班第一的成绩。她跟奶奶一起养的猪，出栏了，准备再抓头小猪来养。她养的鸡，很会下蛋，种的菜也很旺盛、苗壮。闲时，她会跟那些鸡鸭，一起玩耍，跟庄稼捉迷藏，跟小猪说心里话。

骗子告诉女孩，妈妈又打了钱在奶奶卡里，妈妈的工作忙，不能回去看她，如果钱不够用了，就给妈妈打视频。

转眼，女孩十八岁了。女孩考上了一所知名院校。女孩跟妈妈说，她在学习之余，还兼职做家教，不缺钱用。让妈妈不要再打钱了。钱留着自己用。买吃的，买衣服，买化妆品，都行。

骗子说，好女儿，你长大了，也懂事了，但千万别累着自己。有需要，一定要告诉妈妈。妈妈永远是你坚强的后盾。

女孩大学毕业后，找到了一份警察的工作。女孩将自己的情况，告诉了妈妈。最后，女孩说，叔叔，谢谢你当了我这么多年的妈妈，也一直履行着妈妈的职责。我学的就是公安技侦专业，早就知道你不是妈妈。你因为我，更因为一颗善良的心，而放弃了诈骗这份非法职业，找了一份正当合法的工作，我很感谢你。你这么多年资助我的款项，我已攒齐，并通过奶奶的账号，转到你的卡里。今后，我依然是你的女儿，我会像待亲生父母一样，待你。女儿真诚地谢谢你。

骗子第一次将视频，切换成了自己的头像。声音哽咽，泣不成声地说，谢谢你，我的好女儿。是你拯救了我，不但让我重获新生，还拥有了一份亲情。我要永远感谢你。

◀ 复 仇

张五要回村的消息，像春姑娘的手指，轻轻一点，绿意瞬间铺满了整个村庄。

人们从山坡地角，房屋鸡舍，街头巷尾，纷纷冒出头来，交头接耳，窃窃私语，然后勾肩搭背，挤挤拥拥地，将张五围了个水泄不通。

被围住的，还有几名身手矫健的保镖，以及两台锃光瓦亮的大奔。大奔的后备厢里，塞满了百元面额的现钞。

无数贪婪的目光，像一条条蚂蟥，死死地趴在车屁股上，似乎闻到了金钱的味道，纷纷张开尖嘴利牙，啃得口水直流。

这些钱，一部分是给村民的，每家 2 万元。还有一部分，张五没说。有人大胆猜测，一定跟张五的初恋有关。

张五的初恋叫小晴。那时的张五，是个穷小子，住着低矮的土屋，而他的邻居赵六，则强行占了他的晒谷坪，建起了全村第一栋两层洋楼。那高大气派的洋楼，威风凛凛，霸气十足，差点将他家的土房子，挤扁、压垮。

赵六和张五，一个是村里的首富，一个是首负。赵六开着一辆四轮拖拉机，给人拉货运物，一点点地攒下资本，不但强占了张五的地，还夺走了他的初恋小晴。

那年月，家里有辆平板车，便算好的，有辆四轮拖拉机，便是巨富了。轮子一转，财源滚滚。赵六耀武扬威地建楼，敲锣打鼓地娶妻，一时令青山侧目，世人眼红。

穷得叮当响的张五，饱受世人与贫困的欺负，尤其是赵六。那楼房，就像一座山，压在张五心上，他们双进双出的身影，是生长在那山上的巨石，沉重得令他抬不起头。于是，张五痛定思痛，找人借了路费，去了广州。

在广州奋斗的日夜，张五心里无时不想着小晴。他发誓，一定要发愤图强，哪天发达了，第一件事，便是夺回初恋，夺回小晴。

在赵六还没起洋楼前，小晴跟他有说有笑，两小无猜，他们第一次在树林里，牵了手，亲了嘴。

浓浓的甜蜜，将他包裹，让漫山的花儿，羞红了脸，令树上的鸟儿，唱起了情歌。小晴激动得要将自己给他，借那树荫的绿，借那满天的蓝，来装点他们青春跳动的心。

但张五不肯，他一定要将小晴风光地娶回家，要给她幸福美满的未来。没想到，赵六刚起洋楼，小晴便变了脸。

在那些奋斗的日子里，他总是让忙碌，塞满自己的生活。生怕闲下来，会想起小晴，想起她躺在别人怀里的情景。每当被失败、挫折，无情地打倒在地，他的心便冷如死灰，因为他又离小晴更远了。

他咬着牙，提着滴血的心，踉跄着站起来，又继续投入奋斗。每当他的事业，有了突破，有了收获，他又开心得像个孩子，又唱又跳，因为自己离小晴，又近了一点。小晴就是他的精神支柱，支撑着他走过坎坷，跳过艰苦，迎来成功。

张五终于成功了。他在广州开了公司，买了楼房。他终于可以衣锦还乡，以绝对的实力，夺回自己的爱人了。他看见家乡的山水，向他张开了怀抱，满山的树木，为他撑开了绿荫，漫野的鲜花，因他而灿烂。他的爱人，娇俏地向他微笑，伸长玉手，向他张开了臂膀。

张五给赵六准备了400万。如果他嫌少，便再给400万。直到他满意为止。他只要小晴。

村民们一脸堆笑地拿了钱，心满意足，点头弯腰，口吐莲花，恭喜贺喜，然后纷纷离去。张五睁大双眼，探照灯般在人群中，搜索赵六和小晴的身影。

他们显然不好意思来领钱。待村民鸟兽散去，夜幕急切地覆盖住整个村庄，只留零星灯火，藏于暗处窥探，张五才迈着激动的脚步，手捧狂跳的心脏，向赵六家蹒跚而去。

赵六当年风光一时的洋楼，已在风雨中斑驳凋零，与四周村民新起的楼房，形成巨大反差。如一个娇艳欲滴的女子，突然变成了满脸黄斑的妇人。

来到赵六家，还未等张五开口说明来意，表明态度，赵六便急不可待地表示，只要张五给他100万，现在就可以将小晴领走。

这是张五没预料到的。他在心里演习了千遍万遍，赵六定会横刀立马，横眉冷对，坚决捍卫他的爱情、他的婚姻、他的家庭。而张五，用金钱狠狠地、尽情地向他砸过去，劈头盖脸地砸，砸得他断了骨气，弯下腰来。这时，张五便以一个胜利者的姿态，撒了一堆钱出去，带走了心上人。

如今，他竟不知所措了。他一脸茫然地望着小晴。小晴已与他心中的小晴，判若两人。先是双目呆滞，一声不吭。沉默半晌后，突然向他扑来，扯着他的衣服，哭着求他，带她走。她再也不想跟这个又赌又嫖，还酗酒打女人的男人，待在一起了。

悲凉如潮水涌来，张五的头脑中，一片茫然。像失去了方向的船，任风浪吹打、撕扯、冲击，只能在原地转圈。

良久，张五掏出 2 万元钱，轻轻放在桌上，转身走了出来。外面是无尽的黑暗，一眼望不到边的夜晚，令他分不清东南西北。

◀ 拾金不昧

王大六是个有名的好人。喜欢帮扶解困，助人为乐，尤其是拾金不昧。

有孤寡，他出钱给物，有失学儿童，他主动助学，有老弱残疾，他伸手相扶。

王大六的名声，如夏至河边的雨水，步步高升，他的公司更是水涨船高，越做越大。效益好了，也舍得回报社会。

有人失业走投无路，他收留安排工作，哪里出了天灾人祸，他组织人力，出钱救援。

关于他的故事，民间流传很广，说者添油加醋，眉飞色舞，听者一脸神往，连竖大拇指。

那时，他穷困潦倒，四处流浪，饥渴交加之际，居然还捡到了一个包。

包里有1000元现金，还有一些证件票据。特别是某公司总经理的名片，尤其亮眼，令王大六如沙漠遇甘露，几近枯萎的目光，迅速绿意摇曳。

饥渴如恶狼猛虎，张牙舞爪，苦苦相逼。王大六紧咬牙关，坚定意志，不为所动。当阳光如泡沫散去，黑夜潮水般涌来，饥饿寒冷，张开血盆大口，想吞食他的耐心，击溃他的肉体之际，终于等到失主。

得知王大六的处境，身为总经理的失主，激动不已，感慨万千，当即主动请客吃饭，并安排工作。

王大六不负总经理厚望，努力工作，业绩显著，几年后升为主管。再几年，他自办公司，生意蒸蒸日上。

王大六的办公室，挂满了锦旗。尤其是拾金不昧的锦旗，如花儿开了满墙，让每个走进公司的人，赏心悦目，夸赞不断。

整天被鲜花、记者、掌声包围，天天在舞台，电视里露脸，真是春风得意马蹄疾，一夜观尽长安花。

王大六的儿子，王小六刚大学毕业，进了父亲的公司，望着满墙灿烂盛开的锦旗，很不理解。扶危济困好办，拾金不昧，哪那么容易，居然还这么多。那得机缘巧合才行呀，人家刚好遗失，你则刚好经过并捡拾，早一秒不行，晚一秒也不行。

这时，电视里突然跳出一则寻物启事。黑色皮包一只，在某地不慎遗失，内有现金 2 万元，票据数张。

王大六赶紧让王小六准备一个相同的包。第二天，王大六风风火火，带着包找到了失主。虽然票据不慎遗失，但 2 万元现金还在。

失主是某公司业务经理，紧握王大六的手，连说好人哪，现在这样的好人，可不多了。

回家后，王小六满腹疑问，您这不是自己垫的钱吗？明明不是您捡的，硬要自己往上贴，这不是傻吗？

王大六嘿嘿一笑说，儿子，你知道我用2万元，换来了什么吗？

王小六不屑一顾地说，不就是一堆破锦旗吗？

王大六摇摇头说，我用2万元，做成了一笔200万元的生意啊。

王小六终于明白，父亲这么多拾金不昧的锦旗，是怎么来的了。依然不解地问，如果损失了2万元，又没做成生意呢？

王大六说，没做成生意的，毕竟是少数。你想啊，能遗失这么多现金的，多数是开公司的，而且是管理层，既然是公司，总得有业务。业务合作，最重要的是，找到值得信赖的合作者，你花再多的钱，送再贵的礼，也比不过一个拾金不昧的好名声。

见儿子王小六依然似懂非懂，王大六又讲起自己小时的故事。王大六小时候瘦小，成绩也平平。在校不受老师同学待见。就像一株蔫黄的小草，躲在被人遗忘的角落，不时还要被人踩上一脚。尤其是那些表现好，受老师器重的同学，常常欺负他。王大六内心渴望阳光温暖，现实却只能忍受凄风苦雨。

一次，有位跟他处境相似的同学，意外捡到一元钱上交，受到学校大会表扬，从此，那同学再没遭过欺负。

王大六羡慕不已，一番苦思冥想，计上心来，于是也照葫芦画瓢，自掏腰包，说捡了一元钱。同样受到学校表扬，也从此没人小瞧。

王小六说，你当年刚出社会，穷困潦倒时捡的1000元，哪来的?

王大六说，除了那 1000 元是真捡，其他全是自掏腰包。我这么多年，吃的就是"拾金不昧"这碗饭呢!

◀ 超级好运

　　失业的周大壮，揣着 5000 元，刚结算的工资，百无聊赖地，在大街上闲逛。

　　街上人来车往，像鱼儿在水中穿行。周大壮欢实地，游到一家车行，心一横，准备试试手气。

　　他花 500 元参与抽奖，居然获得一辆豪车两天使用权。谁说拥有豪车，一定是富豪？像周大壮这种打工人，也轻松地拥有了豪车。尽管只有两天使用权。那些富豪，也不能永久拥有一辆豪车吧。车、房、奢侈品，甚至是女人，也都是有保质期的。哪怕是生命，也不可能永远。

　　只要曾经拥有，就算是两天，也不枉此生。周大壮驾着豪车，专往人多处钻，在无数艳羡目光，密集注视下，慢慢穿行。

　　他放下车窗，让如蝴蝶般馋人的眼神，纷纷飞来，将自己满脸得意的神色，放出去。一股股自豪，如水蒸气，从内心升腾，

第四辑　最后一课

171

在引擎的驱动下，畅快地咆哮。

周大壮刚想停车休息，瞥见一绝色女子，朝他微笑挥手。

那是令男人望一眼，便沦陷的女子。腰身眉眼，无不透着青春迷人的气息。周大壮不由自主地停车，女子也不扭捏，大方地坐上副驾。

女子叫杨妹，自称一眼便相中了周大壮，问他是否婚配，如果也是单身，又正想找老婆，她愿意嫁给他。

周大壮眼直心跳，口水直流。当即表示，万分荣幸，能娶妻如此，乃祖上积德，三生有幸。

女子问周大壮，现在想带她去哪里？周大壮一时头昏，豪气地说，当然是买包，越贵越好。

在一家奢侈品店，女子相中一款20万的包。周大壮一听价格，一惊，头脑清醒了，身上还剩4500，哪买得起20万的包？

好在脑子活，转得快。他当即拉了店员，塞过去500元，让她说没现货，只能预定，7天后拿货。

杨妹见周大壮20万买包，眼皮都不眨，很是欢喜，亲着他的脸，挽着他的手，极尽妩媚温柔。还将他的手，放在自己柔若无骨的腰上。周大壮激情澎湃，紧勾她的腰，拉扯着，跌跌撞撞，回到车里。

两人心情大好。杨妹满脸娇羞，望着周大壮，无比崇拜。周大壮内心腾起欲火，环顾四周，街上车水马龙，实在不妥，不如找个便宜旅馆。

但肚子咕咕直叫，他能忍，人家姑娘能忍吗？还是先吃点东西吧。于是提议，去路边摊，吃碗猪脚面吧。他害怕杨妹不肯，声音很小，明显底气不足。

哪知杨妹欣然同意，山珍海味早吃腻了，在路边摊正好换个口味。两人各吃了一碗猪脚面，都觉得无比美味。10元一碗的猪脚面，一共20元，居然比五星级餐厅，还浪漫，还刺激。

天色渐暗，人潮如水，涌向商业中心、酒吧等地。周大壮只想找个安静处，与杨妹好好温存，便提议去五星级酒店开房。

杨妹满面羞涩，眼含爱意，暗示一切由你。海口夸出去，周大壮马上又后悔了，五星级哪住得起？带回租屋，或者去简陋旅馆，又在美人跟前，丢了面子。

经一曲折幽深小道时，他灵机一动，停车于一暗处，说第一次要来个刺激的，留下终身美好回忆。不如车震吧。

杨妹脸热心跳，身软手抖，无声地表示，一切依他。周大壮搂着杨妹，迫不及待地在车里云雨了一番。没想到，杨妹竟是处女。周大壮觉得，这天真是自己的人生巅峰。

将杨妹送回家后，周大壮躺在出租屋，想明天该怎么办？车子只剩一天使用权了。而自己身上也没多少钱。没了豪车，在高贵的女神面前，哪撑得起腰？

思来想去，决定抵押豪车，去澳门赌一把。500万的车，他作价100万，进了赌场。经过几个小时拼杀，他赢得了1000万。他将豪车买下，还剩500万。

老天要给你，躲都躲不掉。这运气，小说都不敢这么写。周大壮开着豪车，带着杨妹，准备去岳母家提亲。

岳父竟是深圳著名房企老板。给女儿杨妹介绍了另一老板的儿子，但杨妹不肯。杨妹说自己已有心上人，那天去大街上游荡，正好遇上周大壮。真是无巧不成书，两人一见倾心。

岳父岳母只得依了女儿。但有一个条件。便是将自己快要破产的公司，交给周大壮。

原来房企老板已到破产边缘，本想嫁女融资，无奈女儿抵死不从。当他听了周大壮的真诚讲述，觉得这小子运气实在太好，便决定将公司交给他，赌一赌，死马当活马医吧。

周大壮决定一试。既然娶了人家的女儿，就得替人家分忧。面对大量空置房，和大量债务，周大壮决定与一面馆联手。每吃一碗面，便可参与抽奖，奖品是深圳一套房。

100元的面，博300至1000万的房，值！人群蜂拥而至，有人一次订500碗，吃不完，便送给跑外卖、送快递的打工人，免费吃。

房产很快被抽奖抽走了，周大壮卖面，赚疯了。房企起死回生。周大壮居功至伟，理当出任总经理。

爱情事业双丰收。人生能达到这个高度的，有几人？周大壮决定衣锦还乡。给整天顶日冒雨，在地里劳作的父母，建豪华别墅。让那些瞧不起他们的村民，见识他如今的成功。

房子建好了。豪华堪比皇宫。他的父母，乐得合不拢嘴。曾经斜眼看人的邻居，对他们家嗤之以鼻的乡亲，一个个低眉顺眼，谄媚不止。

周大壮拉着杨妹，端起酒杯，一桌一桌地敬酒。大声说着感谢的话，让乡亲们不要客气，尽管吃，放开了喝。豪气冲天地表示，以后有什么事，只管找他。说完，一饮而尽。

　　就在这时，他一个激灵，醒了。躺在破烂的出租屋，望着发霉的天花板，美美地回忆刚才那个梦。唉。如果不是梦，该多好！

◀ 奇 遇

　　男人准备自杀。他在河边站了很久。河水温柔地将城市切成两半，两岸灯火在水中相遇，并热烈地拥抱，那是别人的生活。男人感受不到温暖，内心流淌着无限悲凉。

　　男人几岁的女儿，因病去世，妻子痛不欲生，选择离他而去，刚刚，他的公司也破产了。男人绝望的目光，在河水里奋力挣扎，像两只掉入漩涡中的蝴蝶，气息微弱地随波逐流。他想跳下去，结束这无尽的痛苦。

　　一个女孩在身后叫住了他。女孩说，叔叔，你这是要跳河自杀吗？男人不知如何回答。路灯将他的身影，拉得很长，上半身几乎掉进了河里，湿漉漉地搭在栏杆上。

　　女孩说，她也想跳河自杀。女孩的爸爸生病死了，妈妈改嫁，狠心抛弃了她。她很痛苦，想跳河，又不敢。女孩说，叔叔，如果你想跳河，能带上我吗？

　　男人瞬间怔住了。像被人从梦幻中，突然拉回了现实。灯光被河水，反射在他和女孩的身上，他在女孩脸上，见不到童真，

绘在心灵上的花朵

她说的话，也与她的年纪不相符。女孩跟他的女儿差不多大，长得还有几分像。他如见到自己女儿一般，激动得流下了泪水。在这座孤独的城市，和孤独的夜晚，孤独的他，竟然遇到了一位，同样孤独的人。

女孩说，她之所以没有跳河，是因为舍不得奶奶。瘫痪且患有痴呆的奶奶，需要她。如果她死了，奶奶也必死无疑。女孩的遭遇，击中了他内心的柔软。

没想到这世上，还有与他相同遭遇的人，而且还是个孩子。他作为一个成年人都受不了，她一个孩子，怎么承受？

他突然不想自杀了。他的耳边传来一个声音，此时，他如果放弃自己的生命，就等于谋杀了三个人。他、女孩、女孩的奶奶。他若选择跳河，女孩必定相随，而她的奶奶，也会受到牵连。他的额头冒出了汗珠。心里升腾起了一种责任。他要帮助她。

他一个人死了不要紧，他不能连累他人。男人牵着女孩的手，去了女孩家里。黑暗窄小的屋里，散发着一股霉味，杂物横七竖八地堆砌着，像一个贪吃的怪兽，鼓着腮，张着嘴，诉说着人世的凄凉与无奈。

男人让女孩好好读书，他来照顾她的奶奶。他会找一份工作，养活她们。男人像女儿还在世时一样，浑身充满了力量。他将女孩当成了自己的女儿。

其实，以前他也拥有过幸福。妻子贤惠，女儿乖巧。但他将事业视如生命。他以为，只要事业成功，便能让妻女，过上幸福生活。

第四辑 最后一课

177

没想到天有不测风云，他恨自己对女儿照顾不周，陪伴太少，妻子也心灰意冷。等到失去妻女，他才知她们的重要。孑然一身的他，突然失去了生活的意义，事业也随之坍塌。

有了对女孩的牵挂，他似乎又回到了过去，回到了拥有家的日子。他除了工作，几乎所有时间，都用来陪女孩，他辅导女孩的家庭作业，照顾她的奶奶，将家里收拾得井井有条。

原本冰冷的家，渐渐温暖起来。痛苦悲伤的脸上，也展露出了笑容。一个忙着读书，一个忙着工作、做饭、打扫卫生。身体忙碌，内心充实。生活又有了希望，人生又有了盼头。

当再次经过那条河，他的眼里不再是冰冷的河水，而是沸腾的生活。他不再全身心地专注事业。而是带着女孩，去看花开花落，听雨赏雪，观察世间的每一个细节，细品人生的每种味道。他们谈学习，谈学校的趣事，也谈工作中的琐碎。他们认真地过着每一天。

几年后，女孩的奶奶还是去了。女孩虽悲伤，但没有绝望。她说自己还有爸爸。从此，他们父女相称，相依为命。

女孩大学毕业后，找了份满意的工作。女孩将自己的第一份工资，交给了男人，说，爸爸，如果当年没有遇到你，也许我早就死了。是你拯救了我！

男人说，女儿，如果不是因为你，我也早就跳河自杀了。是你拯救了我！

父女俩四目相对，泪流满面。那是幸福的泪水，希望的泪水。没想到一次奇遇，两个孤独绝望的人，互相拯救了彼此。

第五辑

故乡情

◀ 红领巾

           我的家乡湘北小镇，是串在京广线上的一颗明珠，不但物产丰富，而且人杰地灵。

           列车如神龙摆尾，在弯急坡陡，地势险峻的京广线新屋村路段，灵巧地舞蹈，那是展现在村民眼中的一道奇观。只是，奇观天天上演，也就不足为奇了。

           更奇的是，一位古稀老人，每天戴着红领巾，在铁道两旁游走。他的装扮与铁道上每天上演的生动景观，形成了巨大反差。

           我不解地问那人是谁。母亲说，是"聋嗲嗲"啊，你不认得了？我"哦"了一声，这才想起几年前，他找我要红领巾的事。

           我带孩子们回乡避暑。"聋嗲嗲"正在我家闲坐。他看见我家孩子戴的红领巾，便问能否送给他。

           我说可以。随后他又问我多少钱。我说学校边小店里买的，五毛一条，不值钱。

           我走时，他拿来了茄子、丝瓜、南瓜等，装了一袋子。我要给他钱，他不肯收。笑着说，农家菜，自己种的，不值钱。接着，又将孩子书包里备用的那条红领巾也拿了去。就当换了这个吧。他憨憨地笑着说。

"聋哆哆"以前总是将一件破旧的红衬衣披在身上，不知是哪位妇人丢弃的，被他当宝贝捡了。自从有了红领巾，他便将红衬衣丢弃了。"聋哆哆"之所以选择红色，还有另一种用途，那就是晚上遇到紧急情况，可以用红布包上手电筒，以此作为警报。

"聋哆哆"说，现在火车提速了，人不能再从铁轨上面过，太危险。可是有的人就是不听劝。以前的涵洞隔得远，又窄又小，只能过水，现在新开了涵洞，人们还是嫌麻烦，不肯走涵洞。

"聋哆哆"听不清别人的话，他只管自己不停地说："三十多年前，我亲眼目睹一个牵牛的人横穿铁轨，牛在后面走得慢，被撞得当场死亡，火车因此停运了几个小时，幸好那人没事，真是太险了。"

那时火车慢，现在提速后，轨道两旁都安上了铁丝网。有人就将铁网剪了个口子，偷偷地钻过去。

为此，"聋哆哆"每天都要跟人吵上几场。只要发现了情况，便在那里系上红领巾，提醒路人注意，然后他回家拿上工具将铁网修好补牢。

有人骂他吃饱了撑的，有谁给你一分钱工资了吗？"聋哆哆"说，我是五保户，受政府照顾多年，还拿什么工资。

"聋哆哆"接着解释，之所以系上红领巾，是因为红领巾是红旗一角，也属于党的领导。我入党不够资格，当个少先队员应该勉强合格吧。我说，就凭你做的好人好事，只要写申请，入党肯定没问题。他说，就我这样的，还是别影响了党的光辉形象，能为村民做点小事就很满足了。

"聋嗲嗲"每天习惯性地在铁道边巡逻，不管刮风下雨，几十年从未间断。他脖子上戴的那条红领巾，无论夏荷冬雪，秋红春绿，都相映相融，十分协调。

时间一长，村民慢慢地理解了他，不再跟他争吵，不再跟他对着干，都自觉地走涵洞。也都习惯了他戴着红领巾，弓着腰，在铁道两旁蹒跚的身影。

如果哪天没见到，便有人去他家里送水、送粥，他一定是生病了。

如今，那条在太阳下闪耀着光辉的红领巾，已成了村民心中的守护神。都希望那鲜艳夺目的红领巾，在京广线上，永远地随风飘扬……

◀ 大　舅

俗话说，娘亲舅大。大舅在我心里的地位一直是很高的。他行伍出身，年轻时英姿勃发，在小小的我眼里，那是男神一般的存在。

大舅名叫王勇法，兄弟姊妹六人中排行老三。我娘王云英最大，姨娘王林英老二，大舅王勇法第三，二舅王国秋第四，三舅王月文第五，小姨王细英第六。

外婆从未上过学，连自己的名字都不会写。但她却是全村少有的"和事佬"，为人正直善良，待人热情大方，东家吵嘴，西家闹矛盾，都爱找我外婆调解，凡经外婆调和，几乎没有不服气的。

外婆不懂书面称呼，按老辈子惯例，不管男女让我一律叫舅舅。如林舅舅，法舅舅，秋舅舅，月舅舅，细舅舅。

成年后我才改称法舅舅为大舅。大舅当兵时，每次回家探亲，便是我最高兴的时候，因为大舅会给我讲发生在部队的故事，那些山外的只有电影里收音机里才看得到听得到的故事，热气腾腾地从大舅的嘴里跑出来，与我小小的渴望撞了个满怀，令我心驰神往。

大舅还会将我举过头顶，让我坐在他宽阔的肩膀上"骑马马"。大舅就这样让我骑在他的肩上，到处去串门，大舅用那双霸气十足的军用皮鞋，踩着人们惊愕的目光，大步向前。我得意地目视前方，让那些平时瞧不起我的大人小孩，也艳羡一回。

我是他们兄妹六人中，第一个孩子。我娘最大，也最早成家。我娘 19 岁结婚，20 岁生我。我出生时，其他五人都未成家。于是我成了最受宠的那个孩子。我的受宠令世人眼红。尤其是那些喜欢排外的人。他们总在背地里说，一个外孙而已。"外婆带外孙，最后一场空。哼。"我虽不明其因，但那些恶意的信号还是能接收到的。

大舅出生于五十年代末，两岁时又赶上三年自然灾害，没少挨饿。我娘作为家中长女，只上了一年半学便退学了。将机会让给弟弟妹妹，是母亲一生的荣耀。弟妹们一个个成家成才，也成了我娘的骄傲。

我 3 岁那年，苦难噌的一声凌空砸下，砸得外公外婆身心俱碎。也让我娘从此背负了巨大的愧疚。月舅舅放暑假后因照看我那才几个月的妹妹，跟几个小伙伴去家门前的池塘里游泳时，溺亡了。

为弥补对外公外婆的愧疚，我娘决定带全家离开聂市茶坡那个伤心地，落户娘家，守着外公外婆，弥补外公外婆那颗残缺的心。于是我成了外婆的小棉袄，与外婆同吃同睡。外婆总是在哭泣中将岁月拉长，而我则用童稚，将空虚塞满。

大舅当兵六年，退伍时已 26 岁了，成了名符其实的"大龄青年"。那时不搞计划生育，农村人都结婚早，像大舅这年纪还未成家的简直是稀有物种。

外公外婆都愁白了头。四处托人保媒。我娘也忙里忙外，到处张罗。但大舅却处之泰然。大舅从部队带回一套木工用具，天天在家摆弄斧子刨子锯子，说要先立业再成家。

但四邻八方闻讯而来的姑娘们不干了，这么个貌似潘安的男子，又当过兵，哪个不爱？

那年代，当过兵的小伙子，在农村可是"抢手货"。那时男女比例均衡，农村光棍极少，除非是疯子傻子。就是再丑也有女人跟。好几个被火烫伤了脸毁了容的，还有双目失明的盲人，拄拐杖的残疾人，只要有父母张罗，也都娶上了媳妇成了家。

一个个如花似玉的姑娘，排着队轮番往我大舅家跑。可大舅一个也没看上。在少不更事的我眼里，哪个都不比电视里的七仙女差，不明白大舅怎么就看不上。

一天，我娘拍了拍正在专心做木工的大舅肩膀，神秘地说，老弟，我今天看的这个，包你满意。

大舅半信半疑。但还是去了。那是我们对面名叫立新组的一个姑娘。果然一见钟情，成了我的舅妈。

那时当兵退伍不包分配。大舅有文化，脑子活，还拉得一手好二胡。不甘当个小木匠和务农的大舅，先后当过镇剧团团长，影剧院院长，电影放映员，农贸市场管理员，计生办主任。经过多年努力，终于转正吃上了"国家粮"。后来又当上了副镇长，畜牧局副局长，并在县城安了家。这让外公外婆安了心，也让我娘扬眉吐气了。终于离开了面朝黄土背朝天的农村。

一表人才的大舅，也深深地吸引着舅妈。那时在农村务农，大舅只是个临时工，每天早出晚归，农忙双抢，农闲打柴，舅妈从无怨言。只有周末才有时间回家帮忙。

也许是年龄差距大，有代沟，大舅对我不再那么热情多言。而我由于家境贫寒，常遭受世人白眼，比较自卑寡言，与大舅也没有过多交流。我们从老家落户到外婆家，一直没能力建房，所以只能借住在外婆家。后来，父母拼尽全力才在离外婆家不远处的一块荒地，建了三间泥瓦房。下雨漏水，冬天漏风，我就是在这种破破烂烂的日子里，一天天长大的。

我和大舅虽平时交流不多，但并不防碍他成为我的偶像。他在镇上当临时工时，我在镇上读书。我也梦想长大后，去镇上当临时工。

一个周末，母亲让我跟大舅一起去村部买肥料。大舅在前面拉着平板车，我在后面伸手推着。一路无言。

出售肥料的营业员是一个年轻姑娘，她一见到英俊威武的大舅，便脸红心跳，意乱情迷起来，以至于错找了大舅五十元钱。

大舅吃力地拉着一板车的肥料，一边嘀咕着是否找错了钱。最后，大舅交给我五十元钱，让我送回给营业员。

当我将那错找的五十元钱送回去时，那个营业员还在愣神，见到我后竟一脸娇羞地问我，刚才那个标致的小伙是我什么人，结婚了没有？

我回答说，那是我舅，孩子都会打酱油了。营业员这才收了满面红霞，小声叮嘱我，小孩子不要到处说找错钱的事，不然领导会扣奖金的。并随手拿了颗糖给我。

一路无话。大舅低头拉着板车，我在一边使劲推着。当行到家门前那段颠簸的泥路上时，我突然感到板车失控，一下便翻到了路边的水田里。

我心想糟了。那些肥料见水就化，还有一包零头是没封口的。损失惨重已经不用说了，大舅肯定会责备我的。我僵在一旁不知所措。但大舅竟一言未发。他默默地挽裤下田，一包包地将上百斤的肥料抱上岸，我也不敢吭声，默默地帮他一起抬肥料。装好车后，我们继续往回走。一路依然无言。但我心里却憋着一篇长长的散文，无处发表。

后来，我以此为原型写了一篇作文。大意是当兵复原的大舅，带我去山上打野兔，那时农村没有禁猎，结果一枪打死了一农户家的狗，我劝大舅赶紧逃，大舅却执意找到农户，赔了钱。该文被当时的语文老师石水生当范文在班上念。还贴在了优秀作文专栏里。从那时起，我便在心里种下了文学的种子。

小时候我就是个"毒气包"。一个暑假，都是外婆扒了我的上衣，用手指甲在我的背上刮痱子。

有时痱子会长成毒包。手臂上，肚皮上，屁股上，全是毒包。母亲忧心忡忡，家里连点煤油灯的钱都拿不出来，外婆看在眼里疼在心上，便悄悄地告诉了大舅。第二天，大舅便带我去了县城。

大舅骑自行车载着舅妈，我骑另一辆自行车。大舅问我的屁股能骑自行车不？我咬着牙说行。

大舅带舅妈买了一些东西后，将我带到了城关镇医院。大舅对漂亮的女护士说，一定要用最好的药。

女护士红着脸，双眼一边不停歇地瞥着大舅，一边说好的。

后来在给我打屁股针时，无限温柔地问我痛不痛。我说不痛。她说，当然不痛了，这可是进口药。

英气逼人的大舅，令女护士意乱情迷地将温柔传递给了我。

后来我去广东打工。深圳，惠州，东莞，广州。流浪的脚步从未停歇。偶尔会用公用电话打一个到镇上的大舅家，让他转告我娘，我在外面很好。有时是舅妈接的，如果是大舅接的，他会叮嘱我，在外面要听话，要努力工作，你娘在农村不容易，要多惦记她。我说好的，我会往家里寄钱的。我将身上仅有的200元寄给了我娘。没想到随后便失业了，三个月没找到工作，我跟一位工友一起，在一个叫长宁的地方生平第一次偷了附近农户家的木瓜。

木瓜还没成熟，但味道特别甜。后来我再也没吃到过那么甜的木瓜了。

近年来，我经常听母亲说，你大舅的话多了。我说怎么多了？母亲接着说，大约是老了。人老了，话就会变多。大舅隔几天就会给我娘打电话。嘱咐我娘要多保重身体。大舅说，他退休后就住到老家去，跟母亲一起住，天天打牌，种菜，养鸡。

当过记者的我，用侠义之笔写了一篇文章。那是一位村干部与村民闹纠纷的事。当上级想提拔村干部时，却卡了壳。大舅找到我说，得饶人处且饶，毕竟是本乡本土人，他若往上走，对村民是有好处的，何况他为村里也办了不少实事。本来事情也不大，何况与村干部闹纠纷的村民也谅解了。我跟上级领导如实反映了情况，村干部后来顺利提拔了。大舅从没求过我，没想到为了村民求了我一回。

我从一位打工人，成了打工作家，进了杂志社，又出了不少书。大舅很高兴。责怪我不送书给他。大舅说，他在部队是文书，喜欢看书，也喜欢写作。最后，大舅感叹，看花容易，绣花难呀。写作真是一条艰难之路。

是的，我的写作之路并不平坦，但我始终相信，皇天不负苦心人。只有能咬牙坚持的人，才不会在机会来临时失之交臂。

两年前，大舅突然查出身患癌症晚期，我娘食不甘味，夜不能寐，天天跪在菩萨面前祈祷。我娘说，你大舅在湘雅住院，你接他去你家住几天吧，免得以后后悔。我给大舅打电话。大舅不肯。他怕拖累我，我怕影响他。终成憾。

2024 年元月 20 日，一向身体很好的母亲，突发心梗去了。如一记重锤击在我的心上。同时也成了压垮大舅的最后一根稻草。半年后大舅跟着去了。希望天堂里没有病痛，没有苦难。

人生本无意义，因为有了牵挂，有了念想，人生便有了价值，有了方向，有了活下去的勇气。

◀ 小狗大黄

　　小狗是什么时候到我家的，不清楚。我有记忆起，便有了它。小狗的年龄肯定不小了，按狗龄，应属中年。是那种体型较小的田园犬，因通体呈黄色，故取名大黄。

　　湘北普通农村人家的狗，都是田园犬，吃苦耐劳，忠于职守，能替主人看家护院。吃的是粗粮剩饭，睡的是一把稻草，夏天随地可卧，冬天柴堆，火炉旁随时能睡，也闻声即醒，警觉异常。

　　不像现在城里人养的狗，要吃精粮，要睡垫着被子的狗窝，每天洗澡，出门还要穿衣服。更有娇惯的，跟主人同吃同睡，被主人当成儿子养。每天围着狗转，给狗喂饭，洗澡，吹毛，穿衣，还得遛狗，把自己累得像条狗。分不清谁是主子，谁是狗奴才。

　　我每天放学回家，大黄隔老远便会迎上来，摇头摆尾，很是热情。

　　在我上学的路上，有户人家的狗，每次遇到我都会龇牙咧嘴，还喜欢追过来厮咬，好不吓人。我弯好远才能躲开它的追赶。

父母忙于务农，无暇顾及我，那年代，每天陀螺似的在田地里劳作，能吃饱穿暖，已属不易。无奈，我只有将心事向大黄倾诉，大黄通人性，最懂我。

于是大黄肩负起了我放学上学的接送工作。有了大黄的守护，我变得勇敢自信了。

上学路上，那只恶狗果然又拦住了我的去路。大黄没给它任何逞能的机会。大黄如闪电一般向恶狗扑去。

在体型上，大黄明显处于下风，但在气势上，却占了上风。

那恶狗被大黄狠狠地扑倒在地上，使劲地摩擦，最后破口大骂地嚣叫着，夹了尾巴，低着头，一路逃了去。大黄摇着胜利的尾巴，跑到了我面前。我发现它的屁股上被咬去了一块皮，血淋淋的令我心疼不已。大黄居然一声没吭。

再后来，那恶狗见到我又想龇牙咧嘴时，发现大黄跟着，便远远地躲开了。

大黄就这样一直守护着我上了初中。去镇上上学需要坐公交车，而且要住校，一周才能回家一趟。大黄这才没有跟着。

那些贫穷的岁月，我们都得靠红薯，包米等粗粮裹腹，大黄也自然填不饱肚子。但大黄自有办法。它晚上看家护院，利用白天休息的时间去山上追野兔，隔三差五便会刁回一只兔子。

大黄吃兔头，将肥肥的兔身留在家里，我们一家经常可以改善生活，因大黄，我们清苦的日子，才有了甜蜜的希望。

一天，我发现大黄无精打采地躺在屋檐下，见了我也毫无热情。我喊它，它也只是微微地抬一下眼皮，又闭上了眼睛，算是跟我打了招呼。

母亲说大黄被人砍了一刀。我这才发现，大黄背上齐整整地少了一撮毛，刀印上还渗着血。不知是哪个杀千刀的作的孽。母亲气愤地骂着。

我想起了那恶狗的主人。但无凭无据的，他哪肯承认？母亲还说，上午一群狗来找大黄咬架，被大黄打得落花流水，屁滚尿流。

我问其中是不是有只大灰狗。母亲仔细回忆，还真是。就数那只灰狗最凶最恶。

下午大黄便被人用弯刀砍了背。我气得要去找灰狗和它的主人报仇。母亲却阻止了我。母亲怕我惹事，也怕别人报复我。怨怨相报何时了。大黄已经这样了，可不能再让儿子冒险。

下个周末我回家时已找不到大黄了。母亲说，好几天没见过了。

第二天，我找了一整天，才在屋后山上的一个土坑里找到了大黄。那是一个挖过竹笋的土坑。

大黄是不希望给我们添麻烦，故意躲开的。它独自走向了那个土坑，走向了它理想中的天国。

这些年，为了生活，我四处奔走。人生的旅途中，从未停下疲惫的脚步。我也曾多次见到跟大黄相似的同类，特别是那些关在笼中等待被宰的小狗，它们忧郁的眼神令我心碎。

我梦想哪天出人头地后，建一栋大楼，将所有如大黄一般的小狗收养起来。

如今，每每午夜梦回，我便会见到大黄，它不惧一切困难的身姿，总是在我的眼前闪现。

　　苦难总是如影随形，我学着大黄的样子，蔑视着那些企图压倒我的厄运，勇于向比自己强大百倍的困难挑战，直至彻底战胜。

◀ 牛
·······

　　牛，对于农民来说，是一笔重要资产。一般家庭是买不起一头牛的。像我家，四口人，五亩田，也才一脚牛。一头牛四只脚，四户人家每户一脚。也有田地多日子殷实的人家，会买两脚牛。

　　每八天中，我们家拥有两天使用权。农忙时耕田耙地，农闲时也得养着。我们家三间泥瓦房，以及那些破破烂烂的日子，加起来还没一脚牛贵重。在80年代的湘北农村，多数人家跟我家一样。

　　那年冬天，父亲出调工去远方修水库去了，天突降大雪，棉被似的压得泥瓦房喘不过气来。

　　睡到半夜，屋后的牛棚轰的一声倒了。牛哞哞地边叫唤边挣扎，但又被系在木桩上的绳索，牢牢地牵扯着，动弹不得。

　　当我跟母亲徒手扒开那些压在牛身上的白雪、茅草、竹片，以及木头时，天已经亮了。

　　牛的嘴角流着血，眼里含着泪，但它一声不吭，温顺地配合着我们，一点一点地将它从雪堆杂物中挖了出来。

它是一头老牛，不管是酷暑下的耕作，还是严寒里的饥饿，都经历过。

大米不够吃，母亲便将红薯切丝晒干磨成粉，然后调水做饼蒸着吃。见牛饿得皮包骨，便让我送一块饼给牛吃。整个冬天，大雪封山，牛只能吃竹叶充饥，偶尔吃上一把干稻草便是开荤了，能吃上一块红薯饼，简直是享受了山珍海味。

母亲说，再难也要将牛保住。冬天总会过去，春天马上就会到来。春耕可离不开牛啊。

在城里人的眼里，冬天是诗人笔下的围炉夜话，世界是银装素裹的篇章，春天是绿意盎然的图画，鸟语花香的词句，牛是悠闲的点缀。

在农村，冬天是黑夜里的守望，是冰冻中的等待，雪会消融，春会发芽，庄稼会拔节，生活会结满果实，牛会驮着希望，奋力让干瘪的日子，一点点地丰盈起来。

牛有时温顺得像只小绵羊，我从小在牛背上长大。爬不上去的时候，它会低着头，让我踩着牛角上。我坐在它的背上，手捧书本，读得津津有味，手里的牛绳，成了摆设，有时掉了，顺着田埂，拖拽出一串草香。牛很守规矩，一路吃着田埂上的草，决不偷吃田里的苗。

十几岁的我，便能熟练地驾驭老牛了。耕田、耙地，样样都行。牛并不认为我只是个毛孩子，而不听使唤。刚开始时，是牛领着我干活，哪里该出大力，哪里该用浅力，或者该转弯了，行云流水般一气呵成，我只需跟着，扶扶犁，把把耙。后来，我熟练了，不想再被牛牵着鼻子走了，便强硬地调整姿势与方向。牛不反驳，依然跟着我的节奏，我让往东它便往东，我让往西它便往西，有时错了，它也跟着，大不了改过来，不过是走几脚弯路的事，顺从是它的天职。

牛也有不顺从的时候。它从不欺负弱小，也不惧恶人、狠人。一位五大三粗的壮汉，要借我家的牛使使。壮汉也帮过我家，砍树抬物，修墙补漏，没少出力，便借了牛给他。

牛在壮汉手里更温顺卖力了。有本能的顺从作用，也有喝斥声与鞭影的威慑，让牛的工作效率极高，一上午便干了一天的活。

农忙时牛的时间是很珍贵的。壮汉希望下午再干一天的活。不想天天四处借牛。牛明显感觉吃力，但壮汉不依，将鞭影换成了实抽。牛身上绽开了血印。牛终于怒了。牛躺在泥里耍赖，不停地打滚，还故意甩动尾巴，甩了壮汉一身泥。壮汉也怒了，狠劲地抽打。

牛忍无可忍，撒开蹄子，撂下犁耙，向着它梦想中的地方狂奔而去。壮汉慌忙追赶。壮汉害怕丢了牛。抄小路拦住了牛。

牛脾气的威力实在太大了，它竟不躲不避，直接向壮汉撞去。好在壮汉力大如牛，两牛交锋，壮汉还是败下阵来。壮汉毕竟不是真牛。但牛是真有牛脾气。斗红了眼的牛，一口气将壮汉追过几条田埂。最后壮汉躲进了看热闹的人群，牛才罢休。牛不想伤及无辜。

都不敢惹红了眼的牛，一时，山野沉寂，众人噤若寒蝉。当我出现在它面前时，它竟然收敛了脾气，低眉顺眼地立定了。

在那个夕阳西照的傍晚，一头老牛跟在一个半大孩子的身后，两条长长的影子，相互扶持着，依偎着，慢慢地往家里走去。一幅和谐的画面之前，好像刚才壮汉斗牛的场景从未出现过。在众人目光交织的惊诧中，那打斗吵闹的怨怼声，也渐渐隐没在了夜晚的广阔胸怀中。

人善有人欺，马善有人骑。母亲说，人畜一般同。遇强不要怕，逢弱不要欺。人不欺我，我不欺人，人若欺我，也不惧人。人是这样，牛也是。

如今的乡村，再也见不到春雷滚滚下，细雨绵绵中，牛披簑衣人戴斗的农忙景象了。

跶跶的牛蹄声，在轰鸣的机器中，渐渐远去。牛的身影，瘦削地穿过岁月窄小的缝隙，我仿佛看见一个少年，坐在牛背上，手捧《诗刊》，正低头吟哦。少年饥渴的目光，在诗行中穿梭，一路走向远方……

◀ 喊 风

    小时候总是有忙不完的活。砍柴、挑水，插秧、锄草，收稻子、摘棉花，收芝麻、采茶叶，收黄豆、挖红薯。

    这些事情，还偏偏爱凑热闹，互相吆喝着，拉扯着，纠结着，扎着堆地挤在暑假。不给我们这些学生娃一丝喘息的机会。

    城里孩子外出旅游度假，与伙伴们相约一场篮球赛，或者报个乐器班、舞蹈班，还有各种餐饮美食、玩具、游乐场、夏令营相伴。

    作为一个农村孩子，我每天天不亮便被母亲喊醒，借着月光，揉着惺忪的眼睛，踩着半梦半醒的步伐，先将一块田里的稻子收割完，再回家吃早饭。稻子收到一半时，太阳才半推半就，伸着懒腰，睁着迷离的眼睛，从云层里一点一点地探出头来。

    早饭过后，太阳已经挂上了树梢，斜着眼，漠然地看我们忙碌。我们抬着打谷机，小心翼翼地踏着窄窄的田埂，来到刚收割的田里，扎裤挽袖，开始打禾。

稻子夹杂着青草的香味，如浪潮翻滚，在田地山川打着旋儿，嬉闹着扑向人的眼睛口鼻，直抵心肺。

太阳当顶时，树静了，草蔫了，虫儿不叫了，连一向叽叽喳喳吵闹不休的鸟儿，也躲藏进了浓密的树荫，不见了身影。热浪从草丛、田沟、地坎、谷堆里，探出头，一个劲地往人的嗓子眼、衣服里钻。

打谷机冒着烟，轰隆隆地直喊，热死了、热死了。

热得难受时，母亲便会长长地喊一嗓子："哦——喂！"这时会有一阵风吹来，带着丝丝凉意，掠过人的脸颊、头发，一直凉到心里。

这便是"喊风"。喊一声不行，便再喊一声。每次或多或少，都会有一阵风吹来。

那时的我，觉得非常神奇。热得难受时，我也学着母亲的样子，不时喊一嗓子："哦——喂！"有时风会应声而到。有时怎么喊都不来。便再喊，总有喊动的时候。有时喊声刚落，便会突然狂风大作，草翻树摇，连片的稻子，一齐伏倒在地，直呼爽快。我们会欢呼，风来了，风来了，真凉快呀。

就是在这一声接一声的"喊风"声中，收完了早稻，插上了晚稻。摘完了棉花，采完了老茶。

对于本份的庄稼人来说，主要收入基本是稻谷、棉花、红薯和老茶。卖掉部分稻谷，可以给孩子们交学费，红薯丝晒干后卖给酒坊，用来买油盐酱醋过生活，卖了老茶的钱，还有人情世故等着开支。

长大后才明白，能呼风唤雨的事情，哪里轮得到普通的庄稼人。不过是求个心理安慰罢了。

风若想来，不喊也会来，若不想来，喊也喊不动。一喊即来的风，不过是巧合而已。

"喊风"其实是一种精神，劳动人民祖祖辈辈，一代代传下来的，乐观精神。

正是这种精神，支撑着人类从深陷劳苦的泥淖中走出来，挺过去，代代相传，生生不息。